Davide Destradi

R.I.P.
RIDI IN PACE

Le comiche avventure e disavventure
di un becchino

Dai racconti di Stefano Fiore

White Cocal Press

In copertina
Disegno di **Sara Paschini**

Teschietti nel testo
Carlotta Zanettini

Direttore editoriale
Diego Manna

Edito da
White Cocal Press
via Biasoletto 75
34142 Trieste
manna@bora.la
www.bora.la

Scansiona il QR Code per accedere
al nostro catalogo completo

Prima edizione: aprile 2025
ISBN 978-88-31908-98-6

Alla mia prima fan,
a mia mamma, che ho fatto ridere
centinaia di volte e che da lassù,
ne sono certo, sta ancora ridendo.
In pace.

PREFAZIONE

Il libro che hai in mano rappresenta una vera e propria sfida.

Eh già, perché hai letto proprio bene: "RIP - Ridi in pace. Le comiche avventure e disavventure di un becchino" è una raccolta di aneddoti successi a chi svolge uno dei lavori più particolari che esistano. Ma è davvero possibile che accada qualcosa di così strano e a suo modo così divertente nel momento in cui parenti, amici e conoscenti stanno vivendo uno dei giorni più difficili della loro vita? E se a sorridere sono stati i becchini, riusciremo noi a trasmettere il lato ironico di un episodio il cui contesto è indiscutibilmente triste e macabro?

Ho usato il "noi", prima persona plurale. Eh già perché questo libro è stato scritto a quattro mani e per prima cosa ci sembra giusto presentarci.

Stefano Fiore: in pensione dal 31 dicembre 2020, ha lavorato come stilista e visagista per una agenzia di viaggi di... sola andata.

Si definisce sportivo, teatrante, subacqueo, sciatore, viaggiatore, non solo quando fa strada con il silenzioso e occasionale compagno di viaggio, amante delle belle donne, infatti è doppiamente divorziato e saltuariamente single. Insomma capite come un tipo così sia fonte inesauribile di aneddoti, in quanto in 20 anni di carriera ha vestito e sistemato tre-quattro defunti al giorno. Ne consegue che in un anno, togliendo le 52 domeniche, le ferie e i giorni impiegati per viaggi di lavoro in lussuose autovetture per riportare nel paese natio "l'amico del giorno", nei 250 giorni in cimitero abbia avuto a che fare all'incirca con 650 funerali, e se a sua volta li moltiplichiamo per gli anni di carriera arriviamo a 13mila situazioni inerenti il trapasso. E volete che con un numero così elevato e le decine se non centinaia di partecipanti ai riti non capiti qualcosa di particolare?

Riesce a distrarsi, anzi ritiene fondamentale sviarsi per non somatizzare, altrimenti lui e tutti i suoi colleghi sarebbero ogni giorno in lutto.

Come ve lo immaginate un becchino? Il volto cereo? Occhiali scuri come il becchino iettatore del programma televisivo "Avanti un altro"? Serio?

Diciamo che Stefano ha solo alcune di queste caratteristiche, per esser pallido è pallido, ma quel che importa è che tutta la stravaganza dei suoi strani cappelli, orecchini, braccialetti colorati e sorrisi la tiene lontana dal suo lavoro, svolto sempre in abito elegante e scuro con la massima professionalità.

Davide Destradi: di mestiere scrittore, mentre per diletto guida gli autobus cittadini solo ed esclusivamente per raccogliere altri aneddoti divertenti da sviluppare in libri e racconti. Proprio uno di questi, "La smonta la prossima?" ha riscosso talmente tanto successo da essere divenuto spettacolo teatrale: una divertente commedia scritta da

Nicoletta Destradi e portata in scena dalla compagnia La Barcaccia, in più date col tutto esaurito.

Ed ecco il punto d'incontro: durante le pause sul palco, anzi chiamiamoli tempi morti per entrare già nel contesto, e durante le cene dopo le prove teatrali, Davide e Stefano intrattengono i presenti con i rispettivi aneddoti sul proprio lavoro, e se quelli riguardanti gli autobus contribuiscono a far comprendere il mondo dei conducenti agli attori che dovranno immedesimarsi in quei ruoli, quelli di Stefano lasciano tutti di stucco.

Eh già, perché la prima reazione è sempre di stupore, con annesso il dubbio se sia consentito ridere o sorridere senza cadere nella blasfemia o nella mancanza di rispetto. Qualche secondo dopo, invece, complice la verve comica dell'attore Stefano, ci si concede la risata, perché risulta evidente siano eccezioni di un servizio impeccabile e, proprio in quanto eccezioni, risultano stravaganti senza offendere nessuno.

Un esempio? Durante la funzione religiosa per l'estremo saluto Stefano si sente particolarmente osservato. Una signora, infatti, lo sta letteralmente squadrando! Lui non ne capisce proprio il motivo: tutto si sta svolgendo regolarmente, la posa che sta tenendo è esemplare, nessun errore, capelli fuori posto non può averne e anche i suoi abiti, con un rapido controllo a una eventuale cerniera della patta aperta, sembrano in regola. Solamente dopo mezzora, a sepoltura avvenuta, la signora, evidentemente solo conoscente del defunto e non particolarmente coinvolta, si avvicina con discrezione a Stefano e...

"Adesso l'ho riconosciuta! È tutto il tempo che penso ma dove l'ho già visto questo?!? Ieri sera in teatro siete stati bravissimi!"

Come non immaginare il sollievo e il sorriso di Stefano, sia per il complimento e per essere stato riconosciuto, sia e soprattutto per aver chiarito una situazione decisamente particolare.

Stefano: *"Però te podessi scriver un libro su ste robe che me capita! Mi te le conto e ti te le scrivi!"*
Davide: "Sfida accettata, proviamoci!"
Tutti gli attori in coro: *"Mi lo compro de sicuro!"*

Memorizzo il numero di cellulare di Stefano con il nome Becchino, per immediatezza nel riconoscerlo ed evitare l'omonimia con altri quattro Stefano tra amici e colleghi.

Ora... se un becchino ti comunica *"Vegno a ciorte!"* (Vengo a prenderti) il gesto istintivo che ne consegue è quello scaramantico di toccarsi le parti basse! Ma proprio il sorriso che mi si stampa in volto al pensiero di quel "iniziamo bene!" mi conferma che con tanta ironia riusciremo a trattare ogni argomento.

Decidiamo di chiarirci le idee sul da farsi davanti ad un buon caffè. La scelta cade su un Bistrò in viale XX Settembre, noto per essere anche un caffè letterario. Non prestiamo particolare attenzione al nome, ma ci accorgiamo di essere da "Lettera Viva" a parlar di morti. Ahahahah le buone e strane premesse continuano!

Ci accomodiamo su di un tavolino al primo piano, ma inavvertitamente rovesciamo in direzione della ripida scala l'acqua che accompagna il caffè. Un'altra battuta arriva spontanea: anche qua battezziamo quelli che stanno sotto!

All'appuntamento della settimana successiva arrivo in scooter, ma essendomi scordato i guanti mi scuso con Ste-

fano per la mano fredda al momento di stringere la sua. E
come replica il becchino?

"Tranquilo, son abituà! Ghe ne go tocade migliaia!"

È l'ulteriore conferma che merita lavorarci su!

Quindi...
Eccolo qua!

HA MAI BECCATO?

Stefano ci toglie subito la prima curiosità, ovvero da dove arrivino i nomi del loro mestiere.

I becchini, in natura, sono alcuni particolari insetti coleotteri che seppelliscono le carogne di piccoli animali, mentre il beccamorto era l'impresario delle pompe funebri che aveva il compito di mordere l'alluce del defunto per vedere se il corpo potesse ancora reagire o meno.

(Concedeteci l'unica volgarità che troverete in questo libro: si narra che il termine *pompe* funebri sia stato attribuito dall'impossibilità di mordere le dita dei piedi di un uomo in quanto ne era privo, dovendo così adattarsi a quel che era presente poco più in alto! Ops!)

Chiedo a Stefano se ha mai *beccato,* convinto di ricevere una risposta negativa, ma il suo tergiversare mi inquieta un pochino...

"Beccato no, ma su richiesta di una anziana signora, che evidentemente si fidava più di me che del medico, ho dovuto accertarmi che il marito fosse realmente morto e mi son messo faccia a faccia con lui..."

"Così, come se nulla fosse? Ma non ti fa impressione?"

"Macché! Non bisogna aver paura dei morti, ma di certi vivi! Insomma gli ho raccontato sottovoce una storiella che fa sempre tanto ridere, e niente, non ha riso e ho detto alla vedova che era proprio morto!”

 **La barzelletta a tema**

“Che lavoro fai?”
“Ah guarda, ho centinaia di persone sotto di me?”
“Quindi... Presidente? Generale? Imprenditore?”
“No! Becchino!”

PROFESSIONALITÀ E DEVOZIONE ECCESSIVA

Il commiato al defunto che sta riposando nella bara ancora aperta sta volgendo al termine. Tutti gli amici e parenti gli hanno porto il loro saluto e nella stanza rimangono Stefano, il suo collega e la vedova. Stefano abbraccia la signora invitandola a dare un ultimo sguardo prima di mettere il coperchio alla bara. La signora esegue, e il coperchio viene adagiato dai due becchini. Il collega prende l'avvitatore, inclina la testa per accertarsi di chiuderla nel modo corretto e inizia ad avvitare.

La vedova osserva questi gesti svolti con delicatezza e professionalità. Quando ad un tratto Stefano si accorge che il collega invece di proseguire con la chiusura degli altri lati alza la testa e la riabbassa immediatamente. A chi osserva sembra un inchino. Alza il capo e lo riabbassa nuovamente, come se appartenesse ad una religione che prevede una serie di piegamenti in avanti come ultimo saluto. Stefano capisce che qualcosa non sta andando come il solito, dato che quei gesti non li avevano mai fatti prima.

Il commento della signora, però, lo tranquillizza: "Esco ovviamente triste ma consapevole che avete fatto un bellissimo lavoro, con enorme professionalità, e questi inchini di devozione mi confortano almeno un po'!".

Stefano accompagna la vedova all'esterno, la saluta, ritorna dentro chiudendo la porta dietro a sé in modo da rimanere solo con il collega.

"*Cossa xe nato?* Mal di schiena? Sciatica?"

"Macché! Mi sono avvitato anche la cravatta tra bara e coperchio!"

"Ahahahah", Stefano scoppia a ridere ma deve strozzare quella risata per non farla sentirla all'esterno!

"*Ma finissila de rider mona! E ciol l'avitator che non vedo dove molar!*"

P.S. La scena fa già ridere così com'è, ma lasciateci un po' di poesia: una volta tolto il coperchio e spostata la cravatta che era proprio vicino al capo del defunto... la leggenda vuole che Stefano abbia visto sorridere anche lui.

FRASI DA NON DIRE

Stefano e il suo giovane collega, appena assunto, devono effettuare un recupero ospedaliero. Entrano nella stanza del reparto dove accanto al letto del defunto ci sono ancora alcuni parenti stretti.

Stefano con molto tatto riferisce ai cari che, dopo un ultimo saluto, devono uscire dalla stanza per non assistere allo "spostamento". Un famigliare giunto sulla soglia della porta, accompagnato da Stefano, si gira l'ultima volta per chiedere informazioni burocratiche:

"Cosa bisogna fare adesso?"

Il giovane collega, rimasto accanto al morto, anticipa ad alta voce: "***Se femo vivi noi!***".

Affinché la bara non appoggi direttamente a terra è dotata di "piedini" agli angoli, una sorta di solido zoccoletto quadrato alto qualche centimetro.

Il funerale sta giungendo al termine, la bara viene calata nella fossa dove due addetti la infileranno nello spazio riservato. Quest'ultima operazione però risulta alquanto difficoltosa, in quanto le dimensioni sembrano eccedere di pochissimo in altezza. L'unica soluzione possibile sembra essere quella di togliere quegli spessori inferiori e un necroforo, convinto che tutti i partecipanti al rito si siano già allontanati, suggerisce ad alta voce: "***No la sta dentro, taiemoghe le zate***" (Non sta dentro, tagliamole le gambe).

Dall'alto un urlo: "*No! Povera zia Marisa, no steghe taiar le gambe!*"

La sorella gemella sta terminando la contrattazione relativamente a esigenze e richieste con l'addetto delle pompe funebri per il funerale della gemella deceduta.

Trovato l'accordo sull'importo del preventivo di spesa l'impiegato invita la signora a recarsi allo sportello per il pagamento dicendo: "***Si accomodi in cassa!***"

La risposta dell'anziana, a dir poco sorpresa, anzi esterrefatta: "Ma è proprio necessario? Cioè, sono la sorella rimasta viva io!".

E senza attendere le scuse dell'addetto precisa subito: "So che ovviamente essendo gemelle la misura della cassa sarà la stessa, ma preferirei fidarmi di voi e non entrare!".

Bisogna prelevare una salma in una casa davvero piccolina, con scale strette e spazi minuti.

Con tutta l'attenzione possibile il trasporto è uno dei più problematici da svolgere. Gli ultimi metri risultano davvero complicati e la posizione da assumere per i becchini è davvero impegnativa, tant'è che è sufficiente un minimo cedimento per far sbattere il piede del morto contro uno stipite della porta.

Nel tentativo istintivo di rincuorare il parente uno dei due becchini riferisce: "***Tranquillo! Non si è fatto niente!***"

 **La barzelletta a tema**

Muore il Primario di cardiologia. Per rendergli omaggio sulla bara viene adagiata una composizione floreale a forma di cuore. In fondo alla chiesa un infermiere fa fatica a trattenere la risatina.

"Mi puoi dire perché sorridi?", gli chiede un collega.

"Pensavo a quando morirà il ginecologo!"

PEPPINO PRISCO E CELLULARE

Giuseppe Prisco, meglio noto come Peppino Prisco, è stato un avvocato e dirigente sportivo italiano, noto anche per essere stato vicepresidente dell'Inter. Lo citiamo qui perché promise: "Prima di morire diventerò milanista, così ce ne sarà uno in meno!".

Da quello che ci è dato sapere nessuno è riuscito a far tanto e la battuta è rimasta tale.

In ambito sportivo c'è chi ha decisamente pensato ai tifosi più fedeli: Stefano ha seguito una volta la Funermostra di Valencia e tra le tante novità è stata presentata una bara davvero particolare, con il cofano funebre a forma di Santiago Bernabeu, lo stadio del Real Madrid. Un'idea originale che ha strappato un sorriso non solo a Stefano.

In questo modo qualunque tifoso potrà affrontare il viaggio verso l'aldilà sentendosi protetto da quello che, per anni, ogni domenica si è trasformato nella sua seconda casa.

Tra i vari oggetti lasciati nella bara accanto al defunto, ci sono sicuramente gadget, sciarpe e gagliardetti sportivi della propria squadra del cuore (non della storica avversaria). Un desiderio che proprio non fu possibile esaudire fu quello di affiancare al defunto all'interno della bara un paio di sci!

Sport a parte, tra richieste del testamento e desideri dei "rimasti", sono parecchi e di varia natura gli oggetti lasciati tra le mani, nelle tasche o accanto al defunto. Le fotografie dei propri cari rappresentano la normalità e la maggioranza, ma nell'elenco vanno annoverati anche croci e rosari, orologi e collane, rossetti, dischi e CD, libri, e tra questi la percentuale più alta è rappresentata dai romanzi, penne, calendari, occhiali, amuleti vari e sicuramente lettere d'amore.

Stefano ricorda col sorriso alcuni ultimi gesti:

Una signora, con l'intento di rendere in qualche modo più facile il trapasso, infilò senza dare nell'occhio qualche banconota nella tasca e stringendogli la mano gli sussurrò: "Non si sa mai!".

Elargì anche cinque euro di mancia agli addetti, forse per comprare il loro silenzio.

(E in una successiva esumazione un figlio si ricordò di aver messo dei soldi nel taschino del padre, il becchino li trovò, confermando la professionalità di tutto il settore, e riconsegnò quelle lire, ormai fuori corso!)

Sappiate che in una bara c'è una bottiglia pregiata di Don Perignon Moet Chandon del 69. Sul perché abbiano voluto lasciarla accanto all'amico deceduto ci sono più teorie. Potrebbero aver pensato che si debba presentare nell'aldilà facendo bella figura, o che sia comunque l'oggetto più caro a lui appartenuto, o la terza più romantica che al momento dell'esumazione gli amici si ritroveranno in sua compagnia aprendo la bottiglia per l'ultimissimo brindisi, dopo che sarà stata conservata in un luogo fresco, asciutto e a temperatura pressoché costante... non proprio una cantina custodita ma quasi.

Un vecchietto, caro amico del defunto, lasciò un pacchetto di sigarette nella bara dicendogli: *"No moleremo miga?!? Meti che te trovi serà!"* (Mica smetteremo no?!? Metti che trovi chiuso!).

Un paio di persone vollero lasciare il cellulare del proprietario accanto a lui. Una dichiarò che aveva sentito di risvegli e morti apparenti e che quindi sarebbe potuto essergli utile. Un altro, più poeticamente, disse che gli faceva piacere pensare di poterlo ancora chiamare.

Proprio un cellulare creò uno dei più grandi malintesi che Stefano ricordi. Durante l'ultima benedizione, infatti, un cellulare iniziò a squillare! Il prete iniziò a guardarsi in giro alquanto irritato, parenti e amici iniziarono a guardarsi l'un l'altro con sguardo irritato, pensando a chi potesse essere quel gran maleducato che non aveva spento il telefonino o almeno silenziato, e soprattutto che continuava a non voler rispondere.

Ebbene, seguendo con orecchio attento la direzione e provenienza di quella suoneria, si accorsero che il cellulare che stava suonando era proprio quello accanto al defunto.

Una persona decise di rispondere: "Pronto?".

Nel silenzio di quel luogo rimbombarono le frasi di una voce femminile: *"Ma va in mona! Te son vivo alora! A quel sempio de Pepi ghe pareva che te ieri morto!"*.

CINQUE NONNI

Proviamo a trovare il lato ironico anche in uno dei gesti più vili, ovvero il furto di oggetti d'oro, tra cui anche le protesi dentali dei defunti da parte di alcuni addetti. Per anni sembrò una diceria, ma spesso a parlar male ci si azzecca. Uscì, infatti, anche sul quotidiano locale Il Piccolo la notizia di questi furti vigliacchi.

Cosa può regalarci un sorriso? Lo stesso comportamento sciagurato e da completi deficienti dei ladri. Stefano, infatti, ci ricorda che furono catturati subito per due motivi: non volendo far fatica né per lavorare né per guadagnare disonestamente, hanno pensato bene di recarsi dal Compro oro nelle vicinanze del cimitero, insospettendo immediatamente il titolare del negozio, che ebbe la conferma della loro cattiva fede quando per la quinta volta consecutiva il ladro si presentò con la quinta protesi dentale d'oro appartenente... al suo quinto nonno!!!

DI CORSA!

Ci troviamo a Barcola, un quartiere di Trieste affacciato sul mare. La veglia funebre si sta svolgendo proprio in una casa con l'ingresso su viale Miramare.

I parenti si accordano con Stefano di portare a spalla la bara tra l'abitazione e la vicina chiesa dove, al termine della funzione religiosa, ci sarà la vettura per il successivo trasporto al cimitero.

Stefano, il suo collega e quattro parenti o amici del defunto caricano sulla spalla la bara, ma una volta usciti da casa vengono colti da un violento acquazzone.

La proposta parte da uno dei quattro: "Mi sembra che siamo sufficientemente coordinati per poter accelerare! Anzi corsetta?".

La coordinazione nei movimenti c'è e in effetti sembrano quei ballerini/becchini ghanesi che in un funerale africano si muovono seguendo i canti tradizionali, ma che sono diventati un meme di Tik Tok con la canzone "Astronomia" del duo olandese Vicetone e Tony Igy.

Devono percorrere 150 metri lungo il marciapiede, non di più. Ma in questo tragitto passano davanti ad una famosa gelateria con una veranda e parecchie persone, sedute quasi tutte rivolte verso il mare, che tra il nuvolone e l'arcobaleno si vedono passare davanti una bara a velocità inconsueta!

Durante la messa Stefano non può far a meno di andare a bersi un caffè per giustificare l'accaduto e ascoltare i commenti di chi ha assistito alla scena surreale.

Tra questi, un anziano signore che era di schiena e che ha notato lo stupore della moglie rimasta con il cucchiaino fermo in bocca.

"Mariucia, coss'te ga?"

E come in "Mi è semblato di vedele un gatto", il cortometraggio di animazione con Titti e Silvestro…

"Mi è sembrato di aver visto una bara veloce!"

La faccia del marito ve la immaginate si?!?

💀 La barzelletta a tema

Funerale di un vecchio amico che in tutta la sua vita non ha mai mai vinto una gara. Mai una medaglia d'oro, né d'argento, né tantomeno di bronzo. Giunti al cimitero per la cerimonia, lo cercano nella prima stanza ma non c'è, nella due c'è un altro e anche la terza camera è occupata da un altro defunto.

Un amico dice agli altri: "Nemmeno da morto è riuscito a piazzarsi!!!".

CIBO PARTICOLARE

Stefano sta attendendo i parenti e il prete all'ingresso di un cimitero di provincia. Per quel rapporto di amicizia che si crea tra persone che si vedono almeno un paio di volte al mese anche per passare il tempo, inizia a chiacchierare con il custode.

"Vedi quell'arzilla vecchietta che entra ora?"

"Sì, mi sembra una signora a modo, chi è? Una fedelissima?"

"Che abbia modo è sicuro, ma un particolare tipo di modo, ed è ben più che fedelissima! Però io non ci parlo più, ci ho litigato!"

"Ma poverina, cosa avrà combinato?"

"Maledetto quel giorno che le ho offerto un caffè qui all'entrata! Lei veniva da anni e viene tuttora ogni secondo giorno, e dopo qualche mese di 'buongiorno' e 'buonasera' mi è sembrato gentile offrirle un caffè dato che, tra l'altro, avevo messo su una moca da due, quindi davvero il minimo.Da quel giorno lei ha voluto contraccambiare portandomi assaggi e piatti completi preparati da lei con il pretesto di poter far due chiacchiere, dato che era rimasta sola. E ti dirò che a me non dispiaceva affatto, dato che è comunque un lavoro solitario il mio. Quindi portò: insalata di pasta con rughetta, insomma la rucola, non so come la chiami tu, pasta con crema di ceci e rughetta, torta salata con bresaola e rughetta, minestra di verdura compresa la...”

“Fammi indovinare! Compresa la rughetta!”

“Esatto! Pure un liquore fatto da lei a base di rughetta!”

“Ma scusa, perché questa rughetta si ripeteva sempre nelle sue ricette?”

“Eh, bravo! È quello che dopo qualche mese ho chiesto anch’io! La vedeva stare qua in zona per qualche ora ma si dedicava alla tomba del marito per una decina di minuti! L’altro tempo lo dedicava a...?”

“Noooo! Non dirmelo ti prego!”

“Esatto, proprio quel che pensi: a raccogliere la rughetta che tra una tomba e l’altra cresce in abbondanza!”

Stefano inizia a ridere intervallando le risa a conati di vomito!

“Non ho mangiato per giorni! E ieri al ristorante quando il cameriere come secondo mi ha proposto una tagliata con pomodorini su un letto di rucola... l’ho mandato a quel paese!!!”

P.S. Ad anni di distanza Stefano si sta prodigando per cambiare il detto popolare *“Riposerò co sarò soto a sburtar radicio”* (riposerò quando sarò sotto terra a spingere in su il radicchio) sostituendo radicchio con rughetta!

Se siete schifati pensate che è andata addirittura peggio a nove ragazzi in California vittime di un episodio decisamente macabro.

Una studentessa ha cucinato dei biscotti che contenevano le ceneri del nonno defunto e li ha fatti assaggiare ai nove ragazzi. Bleaaaah!!!

"L'altro giorno ha compiuto 85 anni il nostro amico becchino storico del cimitero."

E voi vi state chiedendo cosa centri questo nel capitolo cibi particolari...

"Ma è che mangiava molte susine per anni e anni!"

"Non è ancora chiaro, forse intendi che facilitando la defecazione si sia depurato più e meglio di altri?"

"Beh forse anche questo sì, ma le susine erano quelle dell'albero in campo 7"

"Ecco, il discorso inizia a farsi decisamente particolare."

"Decisamente! Anche perché il campo 7 è quello dove sono stati sepolti gli infettivi!"

Oh cazzo!

(Ahahahah da un lato fa ribrezzo, dall'altro un po' rassicura su procedure eseguite a regola d'arte in totale sicurezza. Certo che una domanda sorge spontanea: voi mangereste una di quelle susine?)

💀 La barzelletta a tema

È morto mangiando una bistecca. È proprio vero che a volte basta un secondo!

BACCO

Ogni incontro di Stefano, con impresari, con custodi in pensione, con becchini e affossatori, è stato accompagnato da buon cibo e abbondante buon vino. Chi scrive è astemio quindi lungi da me giudicare, ma per loro stessa ammissione è un lavoro che a volte ha portato qualcuno a bere troppo.

Ne era la prova il portinaio dell'obitorio: il carro funebre si fermava nonostante il cancello fosse già aperto e alla sua domanda sul motivo di questa sosta gli autisti replicavano "C'è il semaforo rosso! Ah no, è il tuo faccione paonazzo dal vino!", ridendo di gusto.

Chiacchierando tra di loro non mancano prese in giro come "Con tutto l'alcool che hai in corpo se ti cremano non ti spegni più!".

Cene e ritrovi tra colleghi hanno da sempre rafforzato i rapporti di amicizia in ogni ambiente di lavoro, c'è da dire, però, che negli anni alcuni comportamenti sono mutati parecchio, facendo diminuire l'enorme rispetto che c'era verso il becchino fino a qualche decina di anni fa.

Stefano racconta, per esempio, la gara che c'era tra di loro quando arrivava la chiamata per il ritiro di una salma in una clinica sul Carso, perché era automatica e concessa la pausa in qualche Osmiza, il locale tipico dell'altopiano dove si vendono e consumano vini e prodotti del luogo (quali uova, formaggi, prosciutti e salami) direttamente nei locali e nelle cantine dei contadini che li producono. Proprio in quelle occasioni nessuno aveva da ridire, come se si trattasse di una gentile concessione della serie "Già fai un lavoro che io mai riuscirei a fare, goditi almeno cibo e vino in questo bel posto!". Oggi tra produttività, resa, privatizzazione, tutto è più controllato e meno concesso, paragonando quel lavoro un po' a tutti gli altri dove bisogna correre e produrre.

I tempi cambiano e loro hanno cambiato il modo dire "Eravamo in una botte di ferro... Siamo in una cassa di zinco!"

💀 La barzelletta a tema

Due donne decidono di far serata. Vanno a ballare e bevono parecchio. A notte inoltrata, sulla strada del rientro a casa a entrambe scappano i bisogni e decidono di fermarsi nei pressi di un cimitero.

"Marisa, hai dei fazzolettini di carta?"

"No, servono anche a me ma non ce li ho!"

"Vabbè, allora mi pulisco con le mutande!"

"Ho trovato un pezzo di nastro, userò questo!"

All'indomani mattina i due mariti si incontrano.

"Sono preoccupato, mia moglie è rientrata senza mutandine!"

"A me lo dici! La mia è rientrata con una coccarda in mezzo alle gambe con sopra scritto 'Sei stata grande, ti ricorderemo sempre! Firmato: tutti gli amici del bar'!"

ANIMALI

Cane

Niente e nessuno meglio di un cucciolo può portare un sorriso e un alleggerimento in una qualche situazione pesante. C'è voluto un minuto, però, a escludere che si trattasse di una scena strappalacrime simile al film "Hachiko - il tuo migliore amico" nel quale Haki, un cane di razza akita accompagna ogni giorno il suo padrone alla stazione aspettando fino al suo ritorno.

L'ingresso in cimitero ai cani è proibito dal regolamento, ma ecco il fatto: nell'atrio dell'obitorio infatti entra un piccolo bassotto. Entra nella stanza 1 passando tra le gambe delle persone piangenti, va nella stanza 2 e tutti si chiedono chi stia cercando e se sia rimasto solo. Niente di tutto ciò, si era semplicemente allontanato da un negozio di fiori lì vicino per curiosare e ricevere tante carezze. Ma ha strappato il sorriso più grande quando, con non poco disagio per l'eventuale disturbo arrecato, è stato richiamato: lui così buffo e piccino era... ERCOLE!

Pappagallo

Cosa c'entra questo volatile vi starete chiedendo. Ebbene questo racconto spassoso Stefano lo ha sentito da un custode storico e se all'inizio ha dubitato della sua veridicità poi ha dovuto ricredersi, avendo conosciuto il protagonista, anzi i protagonisti.

Un pappagallo, si sa, ripete parole, frasi e canzoni e spesso riesce ad associarle ai gesti che li accompagnano. Nella coppia in questione a rimanere più ore a casa con l'uccello era la moglie e ne consegue che tantissimi termini ripetuti appartengano più alla signora che al marito.

Ad andarsene per prima lasciando il partner da solo è proprio la moglie.

Dopo qualche mese di visite quotidiane al cimitero il marito entra in confidenza col guardiano, raccontandogli che a lui sembra davvero di avere la moglie ancora a casa perché ogni volta che si avvicina al divano il pappagallo lo rimprovera con lo stesso tono e accento della defunta: *"Vardilo, de novo sentado sul divano el xe!"*.

Zanzara tiè tiè

I cimiteri sono l'Eldorado delle zanzare, con tutta quell'acqua nelle fontane, nei tombini e nelle caditoie, ma sono soprattutto i vasetti con fiori freschi e i sottovasi delle piante a essere i focolai più a rischio. E il problema può peggiorare se alle specie note si aggiungono altre sempre più agguerrite. Periodicamente, quindi, è necessaria una disinfestazione, mentre vengono promosse campagne di prevenzione con cartelli e avvisi di ogni tipo.

Quando queste operazioni sono necessarie in luoghi abitati come i campeggi, ad esempio, è sovente sentire uscire da un megafono o altoparlante un annuncio registrato che consiglia vivamente di non lasciare all'esterno asciugamani e biancheria e di chiudersi al riparo nelle abitazioni.

Ora, che i nostri defunti debbano essere avvisati di proteggersi chiudendosi ulteriormente a voi sembrerà esagerato, ma in portineria non è nuova la battuta da parte di qualche visitatore: *"Ghe go dito a mia zia de non andar in giro stasera!"*.

Tutta questa premessa è per raccontare un episodio inverosimile e divertente capitato durante una messa funebre. La quantità di zanzare era davvero notevole e stavano pungendo tutti, tranne ovviamente il morto. Il prete aveva scoperto che un uso prolungato del turibolo stava allontanando almeno momentaneamente i fastidiosi insetti.

La richiesta dei partecipanti fu: "Passi più volte con l'incensiere anche per di qua la prego!".

Più che una Cappella del cimitero iniziava a somigliare sempre più a una di quelle discoteche anni 80/90 quando era ancora permesso fumare all'interno. Ma che sia in grani o in essenza l'incenso non fu sufficiente a garantire la tranquilla riuscita della funzione e le zanzare ripresero ad attaccare in modo ossessivo. Schiaffi, sberle e manate varie sembravano applausi fuori luogo, ma la peggio capitò al diacono che proprio nel momento di benedire il defunto vide la zanzara appoggiarsi sull'avambraccio scoperto.

Proprio in quel momento l'indice e medio sono alzati nel gesto di figurare una croce in aria davanti alla bara. Che fare? Lasciarsi pungere per l'ennesima volta o colpirla con l'altra mano? L'istinto porta il diacono a eseguire la seconda opzione, ma anziché recitare "In nome del Padre..." si lasciare scappare un sonoro e vigoroso TIEEÈ con un gesto molto simile a quello dell'ombrello in direzione del defunto!!!

Decisamente meno ironica l'avventura raccontata da un collega di Stefano riguardante sempre gli insetti. Un episodio simile capitò nel Veneto, ma con protagoniste le vespe: era in corso un rito funebre, quando all'improvviso migliaia di vespe hanno iniziato ad attaccare i necrofori che hanno dovuto abbandonare il lavoro, chiudendo per qualche ora il cimitero, dove evidentemente gli insetti stavano trovando rifugio proteggendolo.

Gatto

Quante volte abbiamo visto scene o notizie con i Vigili del fuoco impegnati a salvare un gatto incastrato su qualche albero e impossibilitato a scendere! Ma in cimitero un gattino ha fatto di peggio!

Chissà se inebriato da tante manifestazioni d'affetto dei presenti o convinto di trovare chissà cosa, non ha controllato bene dove mettere le zampette finendo in fossa! Arrabbiatissimo e spaventato ha dato in escandescenza rendendo impossibile il suo recupero, così oltre alla sistemazione del proprio caro nel loculo i presenti hanno assistito anche al salvataggio del gatto da parte dei Pompieri chiamati ad intervenire. La scala stavolta non andava in su... ma in giù!

Speriamo abbia imparato a non spingersi che è poi quel che significa il proverbio inglese "la curiosità uccise il gatto"!

Altro piccolo aneddoto, dato che con il gatto in un famoso libro c'è la volpe: proprio una volpe ha impegnato per ore e ore gli operatori dell'Enpa e altre guardie dato che, non si sa bene come, è entrata nel cimitero, ma non trovava più il modo di uscirne!

☠ La barzelletta a tema

Muore la suocera. Viene organizzato un bellissimo funerale con addirittura un calesse trainato dai cavalli.

Ma ad un certo punto i cavalli si imbizzarriscono e correndo troppo veloci causano la caduta della bara che si spezza! Per gran sorpresa di tutti la suocera è ancora incredibilmente viva!

Dopo due anni la suocera muore un'altra volta. Viene organizzato lo stesso tipo di funerale ma stavolta il genero si avvicina al cocchiere e... "Stavolta si assicuri che i cavalli vadano pianissimo! Non si sa mai!"

OCIO!

Una nonnina molto anziana muore serenamente in casa.

L'esperto Stefano si reca nell'abitazione e con la solita educazione suggerisce ai familiari di sbrigare subito il lato burocratico. Spiega, infatti, come prelevare subito il defunto, portarlo giù nel furgone, lasciarlo lì solo e risalire nell'abitazione per compilare i documenti sia una sequenza errata che crea disagio e ulteriori ostacoli emotivi. Invece uscire tutti assieme una volta compilato il documento risulta non solo pratico ma anche emozionalmente migliore.

Mentre racconta ciò che faranno nei prossimi minuti nota una bellissima coperta coloratissima fatta a uncinetto e perfettamente adagiata sulla poltrona. Dato che le altre due sedie attorno al tavolo sono occupate dai parenti chiede di potersi accomodare per poter scrivere meglio.

Proprio quando rivolge il sedere verso la poltrona e inizia a piegarsi all'indietro i parenti urlano in coro, spaventando all'inverosimile Stefano: "Ocio ala nona! Ocio ala nona!".

In tanti anni non gli era mai capitato un rischio così elevato di sedersi sul morto! Ma come avrebbe potuto essere a conoscenza di questa copertura? A sdrammatizzare scusandosi per il disguido ci pensano i parenti: "Sa, è morta lì serenamente, guardando la TV ma forse stavolta non le piaceva proprio il programma e se n'è andata!".

ESTERNI

È assolutamente vietato entrare.

E ancora: Ingresso consentito esclusivamente agli addetti ai lavori.

In obitorio non ci può proprio entrare nessun estraneo. A meno che...

A meno che non ci sia un guasto elettrico e debba intervenire la ditta esterna autorizzata.

All'ingresso delle celle mortuarie bisogna sostituire alcuni pulsanti e da quella posizione non si vedono i corpi adagiati. La riparazione, nel racconto di Stefano, sta volgendo al termine e la curiosità dell'elettricista lo sta spingendo a sbirciare.

Stefano, da quel burlone che è, se ne accorge e si avvicina in modo silenzioso per poi toccarlo sulla spalla chiedendogli con un filo di voce: "Posso fare qualcosa per te?".

Il salto per lo spavento è notevole, poi però lo rincuora con una serie di battute come:

"Sai, sul mio posto di lavoro non si trova un'anima viva."

"Nessuno si ammazza di lavoro qui."

"Vedi qui? (mostrando un mobile) Noi non abbiamo scheletri nell'armadio. Sono di là!"

"Non mi porto mai il lavoro a casa."

"Mi fa piacere che sorridi così fai le 'fossette' anche tu!"

Lo accompagna verso l'uscita passando vicino ad alcune bare affiancate una all'altra, facendo un segno al collega in fondo alla sala che fa muovere il primo carrello con la cassa, che tocca il secondo, che sposta quasi impercettibilmente il terzo e fa muovere il quarto proprio quando Stefano attira la sua attenzione vedendo una bara chiusa che si muove da sola! Brrrrr! E al momento di salutarlo, anziché col "salve" si esibisce in un inchino pronunciando "Salme!"

Ahahah! Chissà che ricordo avrà l'elettricista di quella esperienza?

PARTITA DI CALCIO

Alla domanda se ci sia competizione dovuta alla concorrenza nel settore, Stefano esclude tutti quegli interessi che caratterizzano il settore soprattutto al sud, ma riguardo alla competizione lui, coerente con la sua ironia, racconta che ci sono sfide a calcio a 5 tra ditte di pompe funebri.

Le partite non sono di altissimo livello, anzi! Ma quel che è certo è che spesso vengono interrotte da eccesso di ridariola. Ogni frase detta tra becchini ha un doppio senso:

"Sono stanco morto!"

"Quanto manca alla fine?"

"Per i presenti... riempiamo i tempi morti!"

"Tante palle inattive."

"Dopo tanti errori hai segnato! Sei croce e delizia!"

"Oggi vi abbiamo sepolti!"

"Non ammazzarti per tornare in difesa eh!"

SPONSOR

Per rimanere in ambito sportivo, non è così raro che le ditte di pompe funebri diventino sponsor di squadre o manifestazioni sportive. Ricordo un articolo che recitava "Un calcio oltre la scaramanzia, ditta di pompe funebri sponsor della Puteolana", d'altronde parliamo di imprese senza periodi di crisi, insomma sane con chi sano non lo è più.

Un po' come succede con il sesso, anche l'argomento morte risulta tabù per più di qualcuno, quindi sentirne parlare associandolo ad altri contesti risulta complicato e soggetto a critiche. Ne sa qualcosa sicuramente una delle più famose agenzie funebri, la Taffo, che usa termini cinici in pubblicità a volte irriverenti, ma che sa innovarsi assicurandosi incassi, anche se qualcuno storce il naso.

In questa mia ricerca mi sono imbattuto in una curiosa sponsorizzazione locale: una ditta di pompe funebri ha sponsorizzato la squadra di corsa dei Vigili Urbani triestini, che si sono prestati a indossare magliette con scritte particolari come:

"Stanco morto? Ti trasportiamo noi."

"Tra... Passami pure."

"Corri! Per riposare c'è tempo."

PUBBLICITÀ

Come far conoscere un servizio di cui tutti vogliamo e vorremmo fare volentieri a meno? Come farti rimanere in testa un nome in modo da ricordartelo fra parecchi anni? Come farti fare la scelta migliore nel tuo momento peggiore? Le parole di chi è già passato e si è trovato più o meno bene rimangono i migliori consigli senza dover mettersi alla ricerca. Ma resta comunque un passaparola che mai vorresti ti venga passato!

Immagini delicate e non esplicite con il nome dell'agenzia di pompe funebri ben in vista le potete trovare su qualche cartellone pubblicitario fisso o itinerante su di un autobus. Tutt'altra tattica ha usato e sta usando una delle più famose agenzie del centro Italia, con campagne quasi ciniche come "Vi aspettiamo a bare aperte" o "Vendesi monolocale seminterrato" o ancora "Più unica che bara", con le casse ben in vista in modo da dare indubbiamente nell'occhio.

Qualcun altro compra un piccolo spazio in qualche emittente privata e pazienza se chi dal divano, sentendo nominare i trasporti funebri, farà le corna in direzione della TV. Altri indicano semplicemente l'importo, magari con la scritta "offerta" che attira sempre e la possibilità, sempre utile, di un pagamento rateale che chissà se gli altri fanno e a te in quel momento non te ne può fregar di meno ma intanto ti è entrato un input.

Ma una delle più curiose iniziative la fece un imprenditore, oggi tra i più affermati del settore, alcuni decenni fa.

Nel tentativo, peraltro riuscito, di far conoscere la sua attività ha pensato al volantinaggio casa per casa, in modo che in cassetta della posta di casa tua tu possa trovare e conservare il suo contatto. Il risultato fu immediato! Centinaia di telefonate! Sì, ma non per prenotare un funerale, bensì di protesta con frasi irripetibili e a volte offese!

Ne ricorda qualcuna, e noi ne riportiamo quelle pubblicabili:

"Ho solo un po' di febbre, vuoi portarmi sfiga?"

"Domani ritiro le risposte degli esami del sangue e in posta mi ritrovo sta roba? Cos'è? Un invito?"

"Mia zia ha preso paura! Si vergogni!"

E l'inequivocabile, internazionale, immediato nell'efficacia: *"Ma te son mona?!?"*

PREVENTIVI

Li riconoscono subito! Incredibile.

Quando una persona apre la porta M. sa già quale sarà la trattativa che lo aspetta!

Per chi svolge questo lavoro da anni è facile riconoscere il viso sofferente, ma in parte rilassato, di chi deve avviare tutta la procedura funeraria, ma con già i soldi messi a disposizione dal defunto e quindi con uno stress in meno da affrontare. Viceversa capita di veder entrare più persone insieme molto tese perché i soldi che verranno pattuiti saranno da raccogliere tra gli eredi in modi che potrebbero portare al litigio. La divisione in parti uguali a volte scatena liti tra fratelli con redditi e storie di vita molto diverse uno dall'altro e davanti all'impresario se ne dicono di tutti i colori, con la povera mamma e vedova a cercar di fare da pacere.

E di solito queste liti continuano anche durante il corteo funebre con scene vergognose. In una di queste un becchino è intervenuto per sedare un principio di rissa con il serio rischio di prendersi anche lui qualche pugno, ma è stata l'arzilla vecchietta a difenderlo, con violente ombrellate in testa ai figli, riportando la tranquillità sufficiente a terminare il rito.

Già, ma quanto costa un funerale?

(La fonte di questo ragionamento è di mio padre, dopo il preventivo per il funerale di mia madre, pensate un po'!)

Avete mai comprato degli occhiali su Groupon, Risparmionetto o al prezzo pubblicizzato con caratteri enormi sulla vetrina? Quelli a 29,90 ci sono davvero! Non c'è alcun imbroglio! Solo che a quel prezzo ne trovi alcuni sistemati su un espositore separato e non è che si facciano notare molto per colore o forma. Certo, puoi prendere uno di quelli e avrà anche la correzione delle diottrie perfetta per te, ma solitamente è in quel momento che arriva l'addetto a proporti migliorie di ogni tipo e a vari costi invitandoti a non accontentarti.

Ecco, quando si fa il preventivo per un funerale succede qualcosa di simile, solo che ogni volta che l'ottico clicca un tasto del pc il prezzo aumenta di decine di euro, quando lo fa l'impresario le maggiorazioni sono di qualche centinaia! E a un certo punto ti trovi a desiderare e anzi a esprimere: "Basta pigiare altri tasti!".

Tra le tante opzioni c'è anche la possibilità di non collegare il lumino alla corrente elettrica. Sì! Avete capito bene: accanto alla foto e al vaso di fiori, c'è il lumino che costa 18 euro all'anno (prezzo riferito a Trieste, Sant'Anna) e non è così raro che qualcuno decida di non accenderlo!

Alcuni si guardano in faccia durante il calcolo del preventivo ragionando "Ma come? La nonna aveva paura di dormire al buio da viva e ora per 30 euro non mettiamo il lumino e per 18 la teniamo al buio da morta? Aggiunga, aggiunga!". Appunto!

Comunemente a livello nazionale si indica in circa 2500-3000 euro il costo per un funerale base con cremazione e 4000/5000 per un funerale base con tumulazione.

Una ricerca su internet rivela che un funerale completo di tutto organizzato da una agenzia può superare anche i 6000 euro, variabili da città a città e dalle tante scelte da fare.

Perché costa così tanto? Beh ovvio! Di usato non si trova niente!

Ed è una comica fake news che le uniche bare a basso costo siano quelle dell'Ikea, facilmente assemblabili col fai da te! Ed essendo l'Ikea svedese, avrebbe dei canoni di misura basati sulle grande altezze dei biondi scandinavi, ma se lo zio è un metro e cinquanta mezza bara resterebbe vuota! (cit. Cacioppo).

C'è da dire però che una bella bara è per sempre, come un diamante. Diciamo che cambia di molto la faccia sorpresa di chi riceve in regalo l'una o l'altra!

Se, invece, dopo un mese dalla morte la salma non viene reclamata, si avvia la procedura col funerale pagato dal Comune nella forma più basica e semplice dal costo di mille euro circa.

Prima di arrivare a questa procedura, però, si ricercano gli eredi ed è qui che M. ha avuto una gran sorpresa, trasformandosi in Raffaella Carrà in Carramba!

Eh già, perché il vispo vecchietto di figli ne aveva più di uno, ma registrati o riconosciuti successivamente in Paesi diversi e che non sapevano proprio nulla l'uno dell'altro!

Vi immaginate la scena?

Apriamo la porta e Pino dal Brasile è quiiiiii!

Ma non basta! Dal Messico Mario è quiiiii!

Che viaggi hanno fatto!

Vi assicuriamo che è vero! Carramba che sorpresa alle Pompe funebri!

Chissà chi avrà pagato il viaggio... di sola andata del padre!

💀 La barzelletta a tema

Un nonnino molto anziano e molto tirchio è in punto di morte. Nella stanza accanto l'impresario delle pompe funebri sta illustrando i possibili servizi con relativi costi:

"Possiamo organizzare un bellissimo funerale con una Jaguar a 15000 euro, altrimenti è molto elegante anche la Mercedes per 12000 euro..."

Prima che possa continuare con altri preventivi arriva sull'uscio della porta il vecchietto: "Datemi camicia e pantaloni che ci vado da solo!".

💀 Un'altra barzelletta a tema

Un istriano, con la notorietà di essere tirchio come genovesi e scozzesi, è a letto in punto di morte e con un filo di voce con le ultime forze rimaste chiede:

"Adriana te son qua?"

"Sì, papà son qua!"

"Anita te son qua?"

"Sì zio son qua!"

"Mario te son qua?"

"Certo che son qua!"

"Ma alora se semo tuti qua perché xe impizada la luce in cusina?"

RECENSIONI

Essendo gestiti da numerose imprese private anche i funerali sono soggetti a utilissime recensioni. Nessuno ovviamente vuole diventare un cliente affezionato, ma nella malaugurata ipotesi di dover scegliere possono rappresentare un suggerimento. La ditta può a sua volta comprendere se sta offrendo un buon servizio, ma ancor prima di arrivare alla recensione, gli addetti seguono in ogni suo passo il cliente, accertandosi che non manchi alcun supporto e aiuto in un momento così difficile. Va da sé che l'importo pattuito rimane invariato se tutto si svolge secondo le regole, ma ogni pretesto sembra buono per ottenere uno sconto sul saldo.

Una signora che si era fatta conoscere come lamentosa, brontolona e puntigliosa già dal primo contatto si presenta in sede per esprimere un suo disappunto.

Nonostante la perfezione in ogni procedura lei ha esclamato: "Lo scriverò! Male! Molto male! Non ha smesso mai di piovere!".

Ahahahah! Quanta fatica per non riderle in faccia e mandarla a quel paese!

MANCIA

A Stefano è capitato, come a tutti i suoi colleghi, di ricevere qualche mancia. Da qualche euro per il caffè fino a una banconota da 20, con un gesto spiazzante per quanto generoso. Atto assolutamente non dovuto ma che spesso va a rimediare a qualche recupero di salma più problematico del dovuto.

Uno di questi riguarda sicuramente quel maledetto guasto all'ascensore che ha costretto i due addetti a farsi cinque piani in salita.

D'accordo, la cassa con la salma in ascensore non ci entra, ma almeno il percorso è in discesa. Ma nemmeno quello risulta semplice, dato che le scale strette li hanno costretti a portare la salma quasi in verticale!

Saliti e poi scesi non avevano ricevuto alcunché oltre allo spettante, ma si sentono chiamare dal poggiolo: "Potete risalire? Vorrei darvi qualcosa!".

Il primo pensiero è stato "Ma non poteva infilarcela in tasca prima di scendere?!?", per poi arrendersi al pensiero positivo: "Dai, erano sicuramente turbati e giustificatamente distratti, ma altri cinque piani in salita varranno qualche euro!".

Ma una volta rientrati nell'abitazione ecco la sorpresa: "Dato che siete forti e robusti portate pure via questa enciclopedia, ve la regalo!".

Altri cinque piani... di improperi!

ANNI '80

Gli anni passano. I tempi cambiano.

Anche il carnevale è cambiato, in peggio sicuramente. Trenta, quaranta anni fa, si vestivano quasi tutti. I vestiti erano sicuramente meno sofisticati, ma l'inventiva e il successivo coinvolgimento era maggiore.

A parte i carnevali storici che reggono ancora nelle cittadine, nel centro di Trieste si vedono tantissime maschere nel giorno della sfilata ma molte meno durante tutti i giorni precedenti. No, tranquilli, non siamo impazziti a parlarvi di carri allegorici in un libro di funerali, ma è per farvi entrare nel contesto e giustificare il seguente malinteso.

La messa funebre deve svolgersi nella chiesa di Sant'Antonio Taumaturgo nel Borgo Teresiano. L'ultimo saluto, invece, viene dato dai famigliari nella casa del defunto all'inizio di Viale XX Settembre, ovvero un centinaio di metri di distanza dalla chiesa, non di più. È deciso che questo breve percorso si farà a piedi, mentre solo successivamente l'automobile trasporterà la bara dalla chiesa al cimitero.

Un famigliare apre il portone di casa, i quattro necrofori portano a spalla la bara seguiti dalla vedova col velo nero e altri parenti piangenti. Nella zona frequentatissima tra via Battisti e i portici di Chiozza accade l'impensabile: la gente inizia ad applaudire e ad esclamare "Bravi!!!" e ancora "Sembrate veri! Bellissimi!" e "Meritate il primo premio per il gruppo mascherato più verosimile".

Ebbene sì: in quel sabato di carnevale, anche senza carro allegorico, ops carro funebre intendevo, sfilò il più controverso dei fraintendimenti.

47

Il numero 47 è abbinato al "morto che parla". Quando ho chiesto a Stefano se si siano verificati casi di morte apparente o qualche movimento di un defunto, ho sperato sinceramente di non ottenere risposta. E invece...

"C'è stato un imprevisto che ha fatto dare le dimissioni al mio giovane collega apprendista. È scappato via urlando: '*Va in mona ti e sto lavor!* L'ho sentito, questo morto ha parlato, sarà ancora vivo!'".

Immagino che voi lettori abbiate, in questo momento, la stessa espressione di stupore, incredulità e la netta sensazione di essere preso per il culo che ho avuto io ascoltandolo. Ma, ahimè, Stefano prosegue come se nulla fosse: "Stavamo preparando un defunto, un uomo molto robusto con una gran cassa toracica, e quando l'ho girato sul fianco per infilare la camicia, quel po' d'aria rimasta nei polmoni è salita e deve aver sfiorato le corde vocali prima di uscire, fatto sta che lui ha detto 'HHOHH!'. Debole, quasi un sospiro ma sufficiente a far impazzire il mio collega. Ma dai! Cosa vuoi che sia un 'HHOHH!'... Non l'ho mai più visto... il collega intendo, mentre il morto è rimasto altri due giorni con me ma non mi ha detto più niente!".

VOCI... E PRESENZE!

"In cimitero una signora chiamò la Polizia perché quella volta invece la voce fu bella chiara!"

"Senti Stefano, eravamo d'accordo per un libro ironico, non del terrore! Come sarebbe a dire voce chiara?"

"Me l'ha raccontata un vecchio custode. Inverno, pomeriggio, saranno state le 16.20 dato che il sole era già basso, dieci minuti prima della campana che avvisa della chiusura del cimitero alle 17. Una signora decide di terminare il giro dei suoi defunti portando un fiore a un conoscente, per farlo però deve usare la scala, dato che deve riempire un vaso posto in alto nel muro delle lapidi. Si accinge a spostare la scala dotata di ruote, ma proprio in quel momento sente una voce profonda e bassa di uomo: 'Non spostare quella scala!'. La frase è comprensibile, limpida. Il problema è che non c'è nessuno! Né a destra, né a sinistra! Per decine di metri il nulla più assoluto! Tocca la scala e sente nuovamente la stessa frase: 'Non spostare quella scala!'. Che sia una premonizione? L'avviso di un Angelo custode per evitare una rovinosa caduta? La signora decide di allontanarsi per recarsi dal custode, convincendolo non senza difficoltà a chiamare le forze dell'ordine con il rischio di passare per pazza.

Si reca assieme ai Carabinieri intervenuti in prossimità della scala, li invita a nascondersi mentre lei avrebbe tentato nuovamente di spostare la scala. Ed ecco la voce: *'De novo qua te son? Te go dito de no spostar quela scala, zurla!'* (Sei di nuovo qui? Ti ho detto di non spostare quella scala, scemotta!). Fortunatamente i Carabinieri individuano la provenienza dei rumori, ovvero uno spazio per una lapide non ancora occupato situato a tre metri d'altezza. Il più prestante e coraggioso dei due sale trovando un barbone, un senza tetto che si era preparato il bivacco per la notte imminente al riparo dalle intemperie proprio in quel loculo, incurante delle dicerie sui cimiteri di notte, ma molto attento a non rimanere bloccato lassù!

A testimoniare che tutto quello che ti racconto è vero è che questo fatto è stato riportato sul quotidiano locale Il Piccolo. Il custode mi riportò due note curiose:

1) Non ci fu alcuna sanzione o richiamo per chi avrebbe dovuto controllare, ovvero custodi e guardie giurate notturne, dato che risultava un posto davvero particolare, non sorvegliato da telecamere e al limite dell'accessibilità.

2) Sembra che il Carabiniere abbia chiesto alla signora: 'Ma lei lo conosceva? Lei di cognome fa *Zurla*?'".

SORPRESA!

A testimoniare che ci sono delle eccezioni che rendono un ultimo saluto diverso dall'altro c'è questo racconto di Stefano riguardante un defunto con una gamba sola. Nella sua lunga storia di lavoro gli era già capitata una situazione simile, ma non ci aveva dato particolare importanza visto che c'era la protesi a dare simmetria all'interno della bara.

Eh già, perché al nostro Stefano, perfettino com'è, non va proprio giù che il suo amico del giorno si presenti in modo così disarmonico, con un ampio spazio vuoto, per quanto ogni parente e conoscente ne fosse ovviamente al corrente da anni. Al momento di fargli indossare i pantaloni, infatti, nota che gli stessi non erano stati adattati al corpo togliendone la metà, ma che evidentemente venivano solamente piegati all'insù.

Certamente lui avrebbe potuto fare la stessa cosa, ma anziché risparmiare del tempo si prodiga in una vestizione sorprendente: riempie con stracci e carta il pantalone vuoto, dandone la forma perfetta dell'arto, ma al momento di infilare le scarpe nota che i parenti gliene avevano messa a disposizione ovviamente solo una.

Stefano non si dà per vinto, si reca nel magazzino del vestiario per cercare una scarpa uguale o un paio simili con lo stesso numero. Ritorna dal suo amico con entusiasmo, infilandogli due calze e due scarpe riempendo il tutto in modo perfetto e sufficientemente robusto. Con altrettanta e solita cura si dedica al resto del corpo, pettinandolo e riempiendo il volto scavato da mesi di malattia e sofferenza.

Il commento della vedova alla vista del marito è spettacolare da quanto è piacevole la sorpresa: "Oh Madonnina mia! *Mario mio te son più bel de morto che de vivo! E tutto intero!*". A Stefano scappa un mezzo sorriso, sia di soddisfazione personale ma soprattutto per aver regalato un ultimo sorriso alla moglie da parte del suo amico e marito.

La signora non si ferma a questo commento e dopo essersi congratulata per il lavoro svolto si lascia scappare: *"Al funeral doverò trucarme un fià de più perchè adesso Mario par 'sai ma 'sai più giovine de mi!"*. (Al funerale dovrò truccarmi un po' di più perché ora Mario sembra molto, ma molto più giovane di me!)

ALDO GIOVANNI E GIACOMO

Il riferimento al trio comico è doveroso per il tipo di scena che si è trovato a vivere il nostro Stefano.

È una pratica comune coprire le gambe perché c'è gonfiore. Nell'ambito delle cure funebri, il corpo viene vestito e preservato con l'attenzione principale al viso. Il collega ha già provveduto a gran parte del lavoro proprio quando Stefano entra con la vedova e con il suo solito tatto la rassicura che sarà lui stesso a prendersi cura della faccia e che migliorerà anche l'espressione del viso, che in quel momento risulta obiettivamente sofferta e scavata, soprattutto a causa della mancanza di denti.

Propone alla signora, nel caso fosse in possesso delle protesi usate in vita, di consegnarle a loro, senza minimamente sapere che al marito mancasse anche un arto inferiore. Tutta la nostra comprensione alla signora che sta vivendo un periodo molto difficile, e recepire il messaggio corretto può indubbiamente risultare ancor più difficoltoso. Fatto sta che lei annuisce, dicendo che avrebbe portato il necessario l'indomani.

Stefano è solito usare la bicicletta per recarsi al lavoro, ma un violento acquazzone lo obbliga a usare i mezzi pubblici. Una volta salito a bordo non può far a meno di notare una gamba col piede rivolto verso gli appositi sostegni per reggersi con la mano durante il viaggio. Non fa caso alla proprietaria di questo borsone dal quale esce un arto, anzi ricorda che l'affollamento non gli ha permesso proprio di vederne il proprietario. Il suo pensiero va solo ed esclusivamente al film del 1997 "Tre uomini e una gamba" con Aldo, Giovanni e Giacomo alle prese appunto con un arto inferiore. La signora scende indaffaratissima alla stessa sua fermata e solo in quel momento la riconosce: "Signora, ha bisogno di aiuto? Ma dove sta portando questa gamba?"

"In ufficio vostro la porto! Me l'avete detto voi che se volevamo potevamo usare direttamente la sua protesi!"

COWBOY

L'addetto alla vestizione deve eseguire l'ordine senza porsi troppe domande: deve semplicemente far adattare gli abiti che gli vengono consegnati dai famigliari al defunto anche se questi, magari, si adattavano alle misure di qualche anno (e chilo) prima.

Poi capitano abiti particolari, come quello da cowboy.

No! No, Stefano non ha lavorato per qualche anno in America! Gli è capitato di avere a che fare con una coppia appassionata di balli country. Ne consegue che per l'ultimo saluto la moglie abbia deciso di esaudire l'ultima volontà del marito, ovvero quella di essere seppellito proprio con quegli abiti.

A Stefano e al giovane collega non risulta affatto diverso vestirlo con una camicia colorata, il panciotto, il cappello sistemato bene e i pantaloni con le frange. Il problema subentra con gli stivali: vanno infilati con i pantaloni all'interno e quindi ben visibili, oppure si deve vedere solo la zona del piede. Non resta che fare un tentativo e optano per la prima delle due. Ahimè, il giovane collega non si accorge dell'arrivo della moglie e si lancia in un commento più autoironico in realtà che offensivo proprio quando lei gli è dietro: *"Se camineria per cità coi stivai cussì i me ciapassi per mona!".* (Se camminassi per città con gli stivali in questa maniera mi prenderebbero per scemo!)

A Stefano si sgranano gli occhi per l'odiosa situazione creata e riesce con grande fatica a trattenere l'esclamazione *"Che figura de merda!".*

Per fortuna ci pensa la moglie con spirito: "Avete ragione, mettete pure gli stivali all'interno!".

Fffffffiuuuuu! Figuraccia evitata per un soffio!

RICOMINCIARE DA CAPO

Vi siete mai abbottonati la camicia in fretta e furia o distrattamente ritrovandovi alla fine con una parte completamente storta, dato che avete saltato un'asola per il rispettivo bottone? Vi serviranno altri 30 secondi per mollare tutto e ricominciare da capo, ponendo una maggiore attenzione. E se quei bottoni non fossero solo cinque? E nemmeno dieci o venti?

Il defunto da vestire è un religioso e la tonaca monopetto con la quale ha chiesto di essere seppellito di bottoni ne ha ben trentanove (probabilmente richiamano i trentanove articoli). Per accelerare la procedura di vestizione Stefano decide di dividersi il compito con il collega: uno parte dal basso, l'altro inizia ad abbottonare dall'alto. Il risultato potete immaginarlo. Esatto!

Al punto d'incontro un bottone non ha l'asola corrispondente. Ve le immaginate le loro facce? Ma chi sarà il colpevole? L'errore sarà stato commesso nella parte bassa o nella parte alta?

Non c'è tempo da perdere. Bisogna ricominciare da capo. Sarà andata bene la successiva?

Quello che ci tiene a dire Stefano lasciando di stucco ma con il sorriso il collega è: "Ci scusi don, sta ridendo anche lei eh?!? Molliamo tutto e rifacciamo! Non si preoccupi!".

POLITICA

Elezioni

Cosa cavolo c'entrano le elezioni con il rito funebre?

Niente, ma alla fine di un nostro periodico ritrovo, al venerdì precedente al week-end delle elezioni europee dell'8 e 9 giugno 2024, Stefano mi saluta con una battuta che è solito usare ogni qualvolta ci sono le votazioni: "Sabato e Domenica in tanti faranno quello che io ho fatto ogni giorno per anni".

"Cioè?"

"Andranno alle urne! Ahahahah."

Destra e sinistra

Nella varietà dei riti funebri, in tanti anni, Stefano ha anche assistito a cerimonie molto nere e non solo per il lutto da portare in quella data, ma con tanto di saluto romano al camerata defunto.

Viceversa e per uno strano scherzo del destino, proprio il giorno successivo c'è stato un funerale "rosso" di un sindacalista, con al seguito decine e decine di bandiere comuniste, e Stefano precisa che di nero, dato che non era previsto per questa parte politica, non c'era nemmeno... il prete!

Curiosa anche la coincidenza avvenuta in fase di alcune riesumazioni: trascorsi più di dodici anni si provvede a riesumare le bare di un campo. Estraendola dal loculo notano una bandiera, ma non una bandiera qualunque, ma addirittura col Fascio Littorio. Accanto, uno spazio vuoto e subito dopo una bara con la bandiera rossa del Che Guevara.

Risaliti alle date di sepoltura, sembra che nessuno potesse esserne al corrente dati i mesi di differenza tra un rito e l'altro. Resta il fatto che per una dozzina d'anni lì sotto se ne saranno dette di tutti i colori!!!

PRETE

Ruolo fondamentale in una celebrazione religiosa è indubbiamente quello del prete. Tutti gli occhi sono su di lui e le orecchie attendono parole di conforto. Ma il prete è umano e un suo errore è possibile.

Agosto, caldo! Il prete dopo le frasi di misericordia, pace e beatitudine si sposta dal pulpito per benedire la salma. La mano è verosimilmente sudata e la presa sull'aspersorio viene meno. Ne consegue, ahimè, un lancio in direzione della bara! Dopo il volo seguito dagli occhi di tutti i presenti, per fortuna l'oggetto sacro rallenta la sua inusuale corsa toccando i fiori posti sopra ad essa e viene recuperato velocemente dal nostro buon Stefano. Lo riconsegna al Don, imbarazzato che si scusa per l'accaduto.

Quando Stefano ritorna al suo posto vicino al muro laterale non può fare a meno di immaginare la traiettoria di quel lancio senza quel santo ostacolo rappresentato dai fiori. Avrebbe colpito uno di quei due in prima fila, dandogli altro lavoro! È andata bene dai. Mai più vista una roba simile, sorride.

"Perché non partiamo?"

"Chi dobbiamo aspettare?"

Queste sono alcune delle tante domande che si son fatti i partecipanti a un funerale.

Il prete è lì accanto all'automobile, i parenti ci son tutti, eppure il corteo funebre non parte dalla cappella, dove la messa si è conclusa già una ventina di minuti fa, verso il campo di sepoltura. Nessuno vuole mancare di rispetto, ma l'attesa già di per sé estenuante diventa quasi insopportabile.

Stefano scende dalla vettura, si avvicina al prete per capire il da farsi e perché non stesse iniziando la processione ma... lo trova addormentato! In piedi e appoggiato al carro funebre il religioso si era preso i classici cinque minuti diventati quindici e stava proprio pisolando beato!

"Guarda dove metti i piedi!"

Quante volte ci siamo sentiti ripetere questa frase da bambini e forse anche in periodi recenti, quando incantati dallo schermo del cellulare abbiamo rischiato di sbattere contro un palo o dimenticato che esistono i gradini.

Povero il prete in questione! Lui quelle frasi doveva proprio leggerle! L'attenzione era tutta sul libretto nelle sue mani, tanto il percorso è sempre lo stesso, con gli addetti al solito posto e i parenti poco più in là.

Anche la fossa è sempre al solito posto. Già, la fossa!

Chissà perché ha pensato di fare quel maledetto passo in più! In un battito di ciglia sparisce agli occhi dei presenti cadendo come un sacco di patate nella fossa! Tutti col collo allungato a cercarlo nel buco, ma è il nostro eroe Stefano a farsi calare con le cinghie usate per la bara sul fondo dei loculi, per poi riapparire come un salvatore con il prete, un po' battuto e abbattuto, in braccio!

(Ok, ok! Tutto quello che state leggendo sono fatti realmente accaduti, ma nel descrivere questo gesto eroico mi sono lasciato prendere la mano! A rileggerla sembra descritta come la Statua della Madonna con in braccio il corpo di Gesù del Michelangelo. Per correttezza, c'era già posizionata una lunga scala, perché comunque i necrofori devono scendere per sistemare la bara nel rispettivo loculo, e la discesa della stessa avviene tramite un sistema a carrucole. Insomma, ditela come volete, fatto sta che Stefano ha riportato sulla terra il prete risorto dal luogo dei morti!)

GIRATI

Per evitare intoppi e cadute nel portare la cassa sulle spalle serve coordinazione sia nei passi da compiere, sia nell'abbassarla e nell'alzarla. Immaginate la scena di sei necrofori che stanno per alzarla dal carrello.

Siete pronti? Tre due uno via!

E cinque si trovano rivolti dalla stessa parte mentre il sesto al centro di uno dei due lati è l'unico girato nell'altra direzione! Alla rovescia! E con la faccia che guarda sbigottita la smorfia del collega trovatosi difronte!

Vabbé, un errore di comunicazione può starci, ma la comunicazione successiva è decisamente più chiara: *"Girite mona!!!"*.

Ahahah!

CANESTRO!

Per la legge dei grandi numeri è sicuramente capitato più di qualche improvviso e violento colpo di tosse durante una messa o all'interno delle stanze. Per la legge dei numeri un po' meno grandi, ma comunque sostanziosi, centinaia di persone che stanno assistendo a un rito funebre avranno trovato sollievo in caramelle balsamiche. A chi poi non è mai capitato di sputare inavvertitamente un po' di saliva, briciole o piccole parti di cibo a causa di uno starnuto o di un colpo di tosse difficile da trattenere e gestire.

Un piccolo salto all'indietro: le bocche dei defunti negli anni ottanta non venivano sempre chiuse e per quanto il defunto venisse curato quella bocca aperta si ripeteva spesso nei riti di quegli anni. Quante volte tutti noi abbiamo visto persone che si sono appisolate, magari su una comoda sdraio al mare o un parente sul comodo divano di casa sua, con quella bocca aperta in modo innaturale!

Ebbene sì! Avete già fatto uno più uno sommando le due cose? Degno delle migliori (o peggiori) scene del Benny Hill Show, lo storico programma comico con situazioni surreali e ambigue, è capitato proprio quello che ha fatto dire anche a chi vi scrive "Dai, Stefano questa non è vera!" ma la conferma arriva anche da tutti i suoi colleghi!

Un addetto necroforo da qualche ora sta gestendo una tosse fastidiosa placandola con delle caramelline. L'imprevisto sussulto improvviso avviene proprio con il defunto davanti a lui e la caramella sputata inavvertitamente va a finire esattamente... nella bocca aperta e immobile! Canestro!

E a rimanere a bocca aperta sono anche le persone lì intorno che hanno assistito al più incredibile e assurdo dei canestri!

P.S. Con mille scuse per l'imprevisto e il più grande imbarazzo mai visto nelle camere mortuarie, la caramella è stata tolta subito con un paio di pinze sottili. A ogni cena o ritrovo da pensionati lo invitano sempre a riprovare centrando il bicchiere e a oggi non ci è ancora mai riuscito!

VESTIZIONE

"I defunti preparati e vestiti da Stefano potete metterli in vetrina da Coin!"

È il più bel complimento che potesse ricevere e lo ripaga per tutta quella dedizione nella preparazione dei cari defunti. Sono tanti gli aneddoti sull'argomento: a qualcuno, ad esempio, pratica anche un po' di stretching per riuscire a vestirlo. O come quella volta che dovette adattare le scarpe mettendo la destra sul piede sinistro e viceversa! Non per una svista, ma i piedi si erano gonfiati in modo particolare e anomalo, ma non sufficiente a far desistere il nostro vestitore.

E se per l'uomo i dettagli sono limitati alla barba rasata, all'abbondante profumo e alla lunghezza della cravatta, i dettagli curati per la donna vanno dallo smalto sulle mani al taglio delle unghie, dal rossetto e il trucco del viso, all'espressione serena che riesce a dare, modificando abilmente aggiungendo una specie di ovatta. Per non parlare dei capelli! Un giorno una signora si presentò con una fotografia della sorella chiedendogli di prepararla più somigliante possibile. Si è quindi adoperato con shampoo, tintura, phon e una elegante treccia!

Un punto decisamente a suo favore è che nessuno di quelli che ha vestito ha mai protestato! Come dargli torto!

Insomma Stefano potrebbe tranquillamente aprire un istituto di bellezza, ma quando ci è capitato di recitare con lui in teatro nessuno degli attori ha voluto essere truccato da lui con quei suoi attrezzi del mestiere!

CLOWN

Lunga vita a chi ci fa ridere! Che di problemi ne abbiamo tutti! Uno studio ha accertato che quando si sorride sono impegnati ben 17 muscoli, quindi chi ride spesso brucia più calorie, stimola il sistema immunitario e vive fino a 10 anni in più.

Stefano non sa dire se la persona deceduta che è andato a recuperare qualche anno fa abbia esaurito il bonus dei 10 anni, ma sa per certo che anche i pagliacci ahimè muoiono.

Il prelievo di salma più assurdo riguarda infatti un uomo dalla età indefinita fino al riconoscimento tramite i documenti, vestito appunto da clown. È enorme, infatti, il controsenso di quell'enorme sorriso disegnato da orecchio a orecchio, la classica pallina sul naso e la variopinta parrucca su quel volto immobile.

La malinconia, però, scompare con il commento del caposquadra a Stefano alla vista di quel trasporto. Convinto, infatti che si tratti di uno scherzo esclama ridendo: "Ma come cazzo lo hai vestito questo?".

"

AMANTE?

"Mi voleria saver chi che ghe porta i fiori a mia molie!"

È questa una delle domande più strane ricevute da un custode/portinaio del cimitero. E provando a rispondere educatamente ha fatto pure peggio: "Mi scusi, ma non potrebbe essere un altro parente, un'amica, una vicina? E magari essere felice che la signora riceva gesti di affetto in suo ricordo?".

"Senta, mio figlio lavora all'estero, ho già interpellato le tre possibili persone e non lo hanno fatto sicuramente con quella frequenza, quindi *voleria saver chi xe quel che ghe porta i fiori a mia molie!*"

E avendo specificato "chi è quello" che porta fiori frequentemente usando un tono rabbioso e quasi minaccioso, l'addetto non può far altro che controbattere: "Senta, le telecamere inquadrano solo la porta centrale, l'accesso è libero a tutti, è impensabile monitorare tutte le decine di migliaia di vasi. Non posso assolutamente sapere chi mette i fiori a chi!".

Tralasciando e omettendo la parola "amante", dato che ormai era chiaro che l'uomo stesse dubitando della condotta nella vita terrena della sua signora, il portinaio aggiunse: "Non c'è nemmeno alcun reato da denunciare, le consiglio di risolvere da solo rimanendo qualche ora in più o ritornando in orari diversi".

L'uomo si allontanò senza nemmeno salutare da quanto era infastidito da quel possibile tradimento manifestatosi postumo.

Lo stesso riapparve un mese dopo in portineria e raccontò la soluzione del caso.

"Ho dedotto la fascia oraria recandomi ogni giorno in tempi diversi. Mi sono appostato per più giorni nei paraggi. Fino a quando finalmente l'ho scoperta!"

"Ehm, scoperta? Donna?"

"Esatto! Una gentile signora riempiva i vasi delle sette persone sepolte accanto a sua sorella! Esaudiva il suo desiderio di farle avere un rapporto di buon vicinato come aveva fatto in vita, in modo da non trovarsi a litigare nemmeno dopo morta! Regalava fiori come fossero inviti a qualche festa. E pensi che mi ha pure redarguito educatamente quando le ho fatto notare che stava mettendo fiori a mia moglie creando malintesi".

"L'ha rimproverata! La signora a lei?"

"Si, perché un occhio femminile o sicuramente più arguto avrebbe notato che i fiori dei sette vasi erano sì di colore diverso ma dello stesso tipo ogni volta! Che quindi non era un gesto ad personam ma una gentilezza, ad esempio anche a quella signora con il vaso sempre vuoto, ahimè."

"Menomale! Tutto è bene ciò che finisce bene dai, perché era davvero stravolto un mese fa!"

"Ha ragione, mi devo scusare. È andata bene: pensi che adesso siamo diventati anche amici."

Ma... Chissà se stavolta sarà la moglie ad essere preoccupata!

2 NOVEMBRE

La commemorazione di tutti i fedeli defunti, comunemente detta giorno dei morti, è una ricorrenza della Chiesa latina celebrata il 2 novembre di ogni anno.

Al culto dei defunti non si rinuncia e quasi tre italiani su quattro (72%) si recano in visita nei cimiteri per rendere omaggio ai propri cari in occasione del ponte di Ognissanti e dei morti, donando come tradizione un fiore o una pianta. Questo è ciò che emerge dal sondaggio della Coldiretti, che conferma il legame con una ricorrenza che resta tra le più radicate della tradizione nazionale. Si stima che siano almeno 10 milioni i crisantemi, tra fiori e vasi, acquistati assieme a molte altre varietà.

Permettete a chi vi scrive un collegamento con il libro precedente "La smonta la prossima? Una vita in corriera", con gli aneddoti divertenti sugli autobus: avete idea di cosa voglia dire guidare un autobus che raggiunge il cimitero e la cappella? Se state pensando solo al traffico che rende difficoltoso ogni passaggio o alla quantità di utenti trasportati, vi aggiungo un dettaglio per nulla insignificante: se il conducente fosse allergico ai fiori?

In quei giorni il mezzo pubblico è straripante di fiori di ogni tipo, dato che non tutti li comprano all'ingresso del cimitero. Sintomi come congestione e naso gocciolante, prurito e lacrimazione degli occhi hanno contribuito a rendere quel turno di 25 anni fa uno dei più pesanti che io ricordi!

Da quel giorno l'ho sempre evitato perché sono d'accordo nell'andare a trovare i morti, purché con una guida difficoltosa con improvvisi etciù con sterzata a destra etciù con frenata involontaria, non si rischi a propria volta la vita a causa dei... morti!

OPS!

90 chilogrammi. Questo è il peso medio di una bara. Vuota! E vuoi che non usiamo un ascensore se le dimensioni lo consentono? Magari sempre!

Bisogna prelevare un defunto in ospedale. Avviene tutto con tatto e la solita professionalità, fino a quando il carrello con la cassa viene fatto entrare nell'ascensore, ma nello stesso istante alcuni maledetti fogli cadono alla dottoressa del reparto. È sufficiente quel secondo per compiere l'atto gentile di recuperare i pezzi di carta che... le porte dell'ascensore si chiudono per partire chiamato da qualcuno! Nooooo!!!

Gli addetti a bocca aperta increduli provano a premere tutti i tasti ma senza alcun risultato. L'ascensore parte e non resta altro che seguire le frecce e il display: quello più giovane inizia a correre salendo le scale mentre quello più anziano gli urla il numero del piano raggiunto. Scena da Candid camera per lo sfortunato utente che si ritrova una sorpresa decisamente particolare all'apertura delle porte!

Ve la immaginate la sua faccia?

E come se non bastasse gli arriva anche un giovane trafelato, in affanno e con abiti scuri ad aprire all'improvviso ed energicamente la porta del vicino vano scale!

💀 La barzelletta a tema

"Dottore, mi scusi, cosa mi ha detto su come sto... lastra torace?"

"No, lastra di marmo!"

CAMPO 6?

Tutti in fila dietro al prete!

Automobile col feretro, parenti, amici, insomma tutto il corteo funebre segue il prete: direzione campo 6.

Errare è umano e fidarsi della propria vista quando sarebbe il caso di iniziare a usare gli occhiali è un atteggiamento che abbiamo avuto tutti. Eh già! Perché la scritta più piccola sotto quel 6 dopo una miglior osservazione risulta capovolta: il campo da raggiungere è infatti il 9.

E adesso? Che fare?

Lui potrebbe anche chiedere scusa mettendosi in coda e facendo girare tutte le persone al seguito, ma invertire completamente la marcia non è affatto una manovra semplice per la lunga autovettura. Non c'è altra possibilità se non quella di proseguire fino all'altra intersezione dei viali, svoltare a sinistra per ben tre volte in modo da girare intorno il campo e rifare in salita il percorso fatto in discesa.

Praticamente un viaggio, l'ultimo per il defunto, ma che tanti ricorderanno sicuramente come interminabile.

Un brusio, non di proteste ma sicuramente di stupore. E alla domanda "Mi scusi ma torniamo in cappella?", Stefano si trattiene e si nasconde dietro a un "Non so, o forse dei lavori di consolidamento", ma la risposta ad hoc sarebbe stata "La cappella l'ha fatta il prete!".

AMORE

Qui si piange!

Siete avvisati: vedete voi se passare al capitolo successivo o se vivere due emozioni su quell'unico grande amore che, forse, ai giorni nostri non esiste più o è assai raro.

Subito dopo l'apertura del cimitero alla mattina, mentre il flusso di gente va verso i campi e le lapidi, una signora fa il percorso inverso recandosi in portineria. Consegna venti euro ringraziando di aver chiuso un occhio. All'inizio non è ben chiaro a cosa si riferisca, ma l'arrivo dei Carabinieri allertati dalla figlia preoccupata per non aver trovato la madre a casa con il suo letto ancora perfettamente ordinato, mette in chiaro la situazione.

La signora ieri sera non è rientrata a casa perché è riuscita a nascondersi all'interno del cimitero, l'allarme è partito al mattino quando la figlia non la trova né a casa né negli ospedali.

Su quella scomparsa si materializza il sospetto di un gesto estremamente romantico: la signora, vedova da tre giorni e che nella mattinata di ieri ha visto seppellire suo marito ha deciso di dormire per una ultima volta vicino a lui!

Ogni domenica, in tarda mattinata gli addetti vedono passare un vecchietto con borse troppo grandi da trasportare. All'invito di lasciare le borse con la spesa, o con qualsiasi altra cosa, in portineria per recuperarle all'uscita evitando fatiche inutili, il vecchietto declina convinto, nonostante lo sforzo appaia davvero eccessivo.

Un becchino preoccupato e sospettoso decide di seguirlo, ma non può far altro che ammirarlo nel preparare una tavola con tanto di tovaglia, due bicchieri, del vino e salumi e sistemarla proprio davanti alla foto della sua amata. Lo ha visto sedersi sull'unica sedia lì di fronte e chiacchierare amabilmente con lei come evidentemente hanno fatto in vita ogni domenica a pranzo.

AMORI

Amori. Plurale.

Qui non si piange.

O forse sì, dipende dai punti di vista.

Eh già, perché più di qualcuno alla scomparsa del partner intende provare a rifarsi una vita ed eventualmente provare a iniziare una storia dopo un tot di tempo di distanza. E fin qua è un ragionamento assolutamente da rispettare, con la ovvia consapevolezza che niente sarà più come prima. Magari il rispetto viene un po' meno quando la terra di conquista è proprio il cimitero.

Alla domanda rivolta alle fioraie e in portineria se per caso siano nati amori o nuove coppie in questo contesto, tutti hanno risposto con un lungo ululato uuuuuuuh! Hai voglia quanti!

Una fioraia ad esempio ricorda un arzillo vedovo chiederle due mazzi di fiori, uno più piccolo e uno più grande, perché ha visto entrare la bella vedova del campo 5. (Curiosi anche voi eh su quale mazzo sia stato consegnato alla signora in vita e quale alla defunta! Lo so, un' idea ce l'avete. E non solo perché il vasetto accanto alla foto non è solitamente molto grande. Vero?)

Un altro si attardava all'entrata del cimitero fino a quando vedeva scendere dall'autobus la vedova da corteggiare, facendo finta di incontrarsi nuovamente e casualmente come se il destino stesse programmando qualcosa per loro.

Lungi da noi commentare se siano squallidi o meno, anche perché coppie solide, durature e felici si sono davvero formate ritornando sul luogo dell'incontro... Uno in direzione campo 3, l'altra campo 5 e "Ci ritroviamo all'uscita!".

Ad una coppia formatasi in questa maniera cosa possiamo augurare se non... *condomglianze!*

FIORI

Se vedi tutto rose e fiori, quello è il cimitero!
Ahahahah.

E ancora: Per quanti fiori ci siano, in cimitero non è mai primavera.

Per avere un quadro completo dell'ambiente cimiteriale ho trascorso un po' di tempo con i rivenditori di fiori accanto ai loro chioschi colorati all'ingresso del cimitero. Le bancarelle hanno tutte colori diversi con in bella vista il nome che non sempre corrisponde al titolare, ma al nome originario di chi quella attività l'ha avviata.

È il caso ad esempio di Giustina, mi racconta Roberta, che rappresenta quasi un mito per tutti i fiorai, avendo gestito la sua postazione per oltre 50 anni con ogni condizione meteorologica! E probabilmente di figure così longeve e di riferimento ne esistono in tantissime altre città oltre a Trieste.

La sua abilità era di accontentare tutti con gentilezza, professionalità e anche abilità, perché era capace anche di allungare i gambi alle rose.

Quando si presentò un marito smemorato alla sua bancarella richiedendo in velocità un mazzo di rose perché si era scordato l'anniversario, lei ha abbassato le rose in vendita e con giunture invisibili e magiche legature ha esaudito il desiderio di quell'uomo distratto. Anche le colleghe, in maggioranza, e qualche collega maschio, sbirciavano l'ordine fatto al fornitore richiedendo: "Le stesse cose che ha preso Giustina, grazie!".

A proposito di fornitori, le nostre chiacchiere vengono interrotte dall'arrivo dello storico grossista col suo camion.

Le fioraie colgono l'occasione chiedendo: "Hai aneddoti?". Lui consulta i suoi fogli cercando e mormorando: "Aneddoti... Aneddoti, mai sentiti! Che fiori sono?". Ahahahah!

Lo ringraziamo per avercene appena regalato uno. Un mazzo di aneddoti, forte!

Curiosi sono i nomi diversi che i clienti danno ai fiori richiesti: si va dal più classico errore chiamando gerani i garofani, alla varietà di nomi dati agli statici.

Il *Limonium sinuatum* è noto comunemente come lavanda di mare a foglia ondulata, ma anche molto più semplicemente statice, e ha la caratteristica di durare molto tempo come fiore essiccato mantenendo il colore. Proprio per questa resa sono i più richiesti alle bancherelle, ma il loro nome dato dal cliente muta in comici "mazzo di astici", "un po' di spastici" a "scheletrini".

Stessa cosa capita alla gipsofila, ovvero quell'insieme di piccoli fiori bianchi che appunto prendono nomi come "nebbiolina", "tremuli", "lacrime". (Un mazzo di lacrime! Sigh!)

Ci concediamo una piccola pausa recandoci alle macchinette in portineria che loro chiamano "Bar alla fossa"!

Lì mi raccontano che arrivano molti personaggi sportivi per salutare Nereo Rocco e attori famosi in visita alla tomba di Giorgio Strehler, ma che non sempre riescono a riconoscere ad esempio Paolo Villaggio che dal vivo appare molto più alto di come appare sul grande schermo.

Inoltre ragioniamo sul fatto che sono molte di più le donne che arrivano da loro e entrano in cimitero, sia perché vivono indubbiamente più a lungo, sia perché hanno una sensibilità maggiore. Mentre in minima percentuale hanno notato come siano meno numerosi i partecipanti a un funerale, forse perché si viaggia molto di più, ci si trasferisce e siamo più sparsi di un tempo.

Al ritorno iniziano con una serie di richieste fatte da alcuni clienti davvero surreali:

"Ha dei gigli?"

"Sì, bianchi o gialli?"

"È uguale, mia moglie era daltonica!"

"Ha per caso un fiore che ha appena cestinato, anche senza gambo, non importa, che vado a trovare quel deficiente di mio marito?"

"Ha un po' d'erba?"

"Un fiore solo per cortesia, ma ci aggiunga tanta verdura."

"Quel verde che mettete attorno al fiore si paga?"

"No"

"Allora ne metta tantissimo!"

"Giustina, vorrei tre rose piccole rosse, ma anche qualcosa che duri un po' nel tempo perché non so quando riuscirò a tornare."

"Ecco fatto."

Dopo 5 giorni: "Giustina mi dia 2 rose rosse piccole."

"Eccole!"

Dopo 10 giorni: "Giustina, ma devo sostituire sempre due rose che marciscono molto prima della terza. Mi potrebbe dare anche le altre due uguali a quella?"

"Ma si è accorto che è di plastica?!?"

A volte vediamo gente molto particolare: c'è un signore che viene a bagnare i fiori anche quando piove. E i fiori sono di plastica!

Infine una conferma data dall'esperienza e dalle confidenze di uomini eleganti che si fermavano con le loro macchine, diventati clienti negli anni: più grande è il mazzo di fiori che l'uomo regala alla moglie in vita più marachelle ha compiuto. E non cambia dopo la dipartita: più sono assidui in cimitero con fiori sempre nuovi più cose devono farsi perdonare. Non ci credete? Ecco un esempio: due volte a settimana un uomo sulla sessantina era solito comprare mazzi di fiori senza badare a spese, riferendo che la sua signora merita ogni attenzione e di essere sempre corteggiata.

Un giorno si fermò con a bordo la signora e la fioraia esclamò: "Finalmente conosco la signora più fortunata della città a cui confeziono con amore i miei fiori!".

L'uomo ribattè: "Sssssh, non è lei!", facendo impallidire la venditrice.

Poi per rassicurarla precisò: "Le è andata bene perché non è nemmeno quella mia moglie! Ma una volta al mese sono anche per lei, non si preoccupi!".

Grazie a fioraie e fiorai per gli aneddoti, soprattutto per quest'ultimo che permetterà ai maschietti di usarlo come valida motivazione nel caso venissero rimproverati per tirchieria nel regalare fiori. Ahahahah!

La barzelletta a tema

Moglie: "Perché non mi porti mai dei fiori?".
Marito: "Perché sei ancora viva!".

FIORI E OPERE DI... PENE

Quale donna non vorrebbe essere corteggiata con continui eleganti mazzi di fiori? Fiori sempre freschi, ogni giorno diversi, eleganti e costosi anche.

Stefano in questo bar ci arriva quasi per caso, dato che ci lavora un'amica di una donna che sta frequentando. Non può fare a meno di notare l'allegria di colori donata al locale dai mazzi di fiori. Uno sul bancone, altri due sui tavoli, fanno pensare che l'inaugurazione e l'apertura siano avvenute da qualche giorno, ma invece, con tanto orgoglio, l'amica confida di essere corteggiata da un uomo talmente galante come mai le era capitato prima. Fiori e ancora fiori, ogni giorno, a volte sciolti, altre volte in bouquet di varie dimensioni. Insomma una corte coi fiocchi, anzi coi fiori. Dopo due mesi da quel giorno in bar è proprio Stefano a notare qualcosa di particolare.

Vi siete mai chiesti che fine facciano tutti quei fiori donati al defunto? Parliamo di quantità enormi che non possono assolutamente essere sepolti o affiancati alla bara nel loculo perché nel giro di pochi giorni marcirebbero causando olezzo. Di solito viene concesso un unico fiore appoggiato sopra, altri fiori vengono riciclati dagli stessi presenti, che scelgono il fiore migliore estraendolo addirittura anche dall'elegante copricassa fiorita ormai separata dal coperchio, per portarlo a un altro parente poco più in là, alcuni vanno ad abbellire la chiesa, mentre tutti gli altri rimangono per qualche ora nella zona della sepoltura, per poi essere raggruppati dai netturbini o dagli stessi becchini in una sorta di deposito in attesa di essere cestinati definitivamente.

Proprio in questa zona Stefano nota un signore scegliere accuratamente qualche bel fiore da mazzi diversi. Il gesto non ha motivi per essere punito e anzi forse qualcuno sarebbe anche contento di una seconda vita data a qualche fiore, altrimenti destinato al bidone. Ma mette comunque più di un sospetto in testa: che sia lui il corteggiatore? Conservereste voi fiori destinati a defunti peraltro sconosciuti?

Farsi gli affari propri o svelare all'amica che di soldi il suo corteggiatore non ne sta proprio spendendo e probabilmente ne ha molti meno di quel che dice? Conta comunque il gesto o si tratta di una storia iniziata con l'inganno?

Sembra che la storia non sia durata molto a prescindere, ma a Stefano rimarrà il sospetto che in uno di quei nastri usati per creare il nuovo mazzo di fiori ci sia stato scritto sopra qualcosa di tutt'altro che romantico, come "La tua morte inattesa e rapida mi lascia un gran vuoto".

FONTANELLA

Domanda facile facile: a cosa serve la fontanella all'interno del cimitero con accanto secchi e innaffiatoi?

Esatto! A lavare l'auto!

Un signore autorizzato a entrare con l'automobile tardava un po' ad uscire. Nel giro di controllo, dato che nelle visite e negli orari moltissimi sono abitudinari, lo trovano con spugna in mano a lavare l'auto. Ma non il parabrezza per eliminare qualche regalino di piccione, proprio una schiumata abbondante su tutta l'auto! Non accettò nemmeno il rimprovero, giustificando che doveva mostrare alla moglie di tenere tutto pulito compresa l'automobile ricordando che… "Ti prego Mario, la lavavi già poco prima, cosa sarà della nostra macchina quando me ne andrò. Un cesso?!'"

💀 La barzelletta a tema

Una vedova ancora piacente porta dei fiori al marito, lo saluta e se ne va camminando all'indietro.

Il giorno successivo torna a far visita al coniuge, cambia l'acqua ai fiori e si allontana camminando sempre in retro.

Un vecchino, dopo aver assistito alla stessa scena per più giorni, si fa coraggio e incuriosito chiede:

"Scusi, perché quando va via cammina all'indietro?"

"Perché mio marito mi ha sempre detto che ho un culo che risveglia anche i morti!"

DOVE ANDIAMO?

Casa di riposo. Stanza con due ospiti. Una delle due è una vecchietta ancora abbastanza arzilla, mentre l'altra è molto in là con gli anni e alla fine dei suoi giorni. Il decesso avviene di notte, e con la reperibilità 24 su 24 è la squadra di Stefano quella incaricata a recuperare la salma.

Lui entra nella casa di riposo e con la sua solita galanteria saluta tutte le sue amiche, una di queste lo conduce verso la stanza. Al momento di accendere la luce viene bloccato dall'addetta perché avrebbe disturbato la vecchietta arzilla che gli avrebbe urlato di tutto.

Nella penombra Stefano e il collega si avvicinano al separè sistemato tra i due letti per proteggere l'altra dalla triste vista. Una delle due vecchiette riposa beatamente con viso sereno e bocca chiusa, mentre l'altra ha la tipica espressione da defunto, quella con cui tutti noi apostrofiamo un conoscente che magari sulla sdraio al mare si addormenta con bocca aperta e posizione del capo non proprio naturale dicendogli "sembravi morto!".

Al collega di Stefano non sorge alcun dubbio: la defunta è quella di sinistra con la bocca aperta a mostrare la totale assenza di denti e la testa quasi all'indietro. Si avvicina, ma quando la sta per alzare lei esclama: "Oh che bello, andiamo a fare un giro? Dove andiamo?".

Stefano fa un salto e inizia a ridere ma al collega è mancata davvero una frazione di secondo per non lanciarla in aria d'istinto per lo spavento!

LA LUCE

Stavolta la squadra di Stefano è impegnata nel prelevare una salma in una casa di riposo dotata di una enorme stanza con oltre una decina di ospiti. Per non svegliare tutti preferiscono non accendere le numerose luci ma procedere con una torcia.

Le indicazioni sul numero del letto interessato sono chiare, ma una volta giunti nelle vicinanze i numeri di due letti consecutivi risultano coperti.

Per evitare errori illuminano con la torcia la zona, ma il fascio di luce colpisce involontariamente anche il volto di un ospite il quale prontamente ribatte: *"Sera sta luce mona! No son morto miga mi, tiè!"*, mostrando, con qualche difficoltà, le corna!

TIPI DI FUNERALE

Qui la premessa è obbligatoria.

Né scrittore né becchino protagonista hanno fatto ricerche approfondite sui vari tipi di funerali nelle diverse etnie o culture.

Qui di seguito esponiamo le esperienze vissute direttamente da un necroforo autoctono che ha sempre messo a disposizione la sua professionalità, ma essendo Trieste da tanti anni una città multiculturale è chiaro che abbia avuto a che fare con riti diversi nello svolgimento e nelle richieste.

Cinese

Ebbene sì! Stefano lo può testimoniare: i cinesi muoiono e a volte celebrano il funerale in Italia. Assistere a un loro funerale è una vera rarità, se non proprio impossibile.

La leggenda intorno a questo fenomeno vuole che i cinesi, nel nostro Paese, diventino immortali. Un'altra leggenda narra che il corpo dei defunti venga nascosto e la sua identità trasferita a un nuovo cittadino cinese in arrivo in Italia. La verità del perché non si vedono funerali cinesi in Italia risiede nel fatto che alla loro morte essi vogliono essere tumulati nella propria terra d'origine. Tale volontà si basa sulla complessità del rito funebre cinese, non perfettamente replicabile in terra straniera, e sulla forte connessione che questo popolo ha con l'aldilà.

Solitamente, infatti, gli anziani cinesi rientrano in patria dopo una certa età, ma se la morte giunge all'improvviso e ci sono difficoltà nel farlo rimpatriare, il corpo viene sistemato in uno dei nostri cimiteri.

Altri, invece, decidono di essere sepolti nella comunità italiana che li ha accolti, magari accanto a qualche loro caro. Ecco allora che certi riti più curiosi non sono fattibili qua da noi, come ad esempio quello di seppellire marito e moglie nella stessa bara.

A Stefano è capitato di assistere a uno di questi funerali, ma ricorda e suppone che appartenessero alla comunità cinese cristiana, perché i canti erano molto simili. "Non Ave Malia, o Padle nostlo eh! Cioè cantavano nella loro lingua insieme ad un Pastore qualcosa che suonava conosciuto".

Il problema è subentrato quando lui ha acconsentito che alcuni abiti venissero adagiati nella bara. Non ha capito se l'indumento di un partecipante alla cerimonia debba essere bruciato col morto per evitare la sfortuna associata o se si trattasse di un gesto di affetto in modo che abbia con sé nell'aldilà qualcosa di chi gli ha voluto bene nella vita terrena. Fatto sta che l'estinto doveva essere molto ben voluto dato che magliette e maglioncini iniziarono ad accatastarsi sopra di lui tanto da far apparire la sua testa sempre più piccola!

Stefano, ovviamente, non ha potuto e voluto interrompere il rituale, ma si è presentato un problema che mai gli era capitato: la bara era talmente piena che... non si chiudeva più!

Cosa fare? Togliere qualche abito? Ma quale? E per non far torto a nessuno non ha tolto niente (che tolto con la elle e torto con la erre, detto da un cinese o meno, a loro suonava uguale ed era in ogni caso da evitare).

Non c'era altra soluzione se non quella di accompagnare tutti all'esterno, chiudersi nella stanza con il collega e provare, come si fa con certe valige dopo una vacanza ricca di shopping, a sedersi sopra!!!

Ben chiaro che anche in quei gesti tennero un comportamento più consono possibile, chiedendo scusa al defunto, ma solo così avrebbero praticato una forza sufficiente affinché il collega riuscisse a collegare la vite al buco per poi usare l'avvitatore evitando che la bara si riaprisse, anzi scoppiasse... per gli abiti!

Greco

A Stefano è capitato anche di assistere ad un funerale della Comunità Greco Orientale nella splendida Chiesa greco-ortodossa, con le sedie poste ai lati e situata sulle Rive triestine.

Lui ovviamente non conosce una parola di greco quindi doveva solamente capire in qualche maniera quando avrebbe dovuto aprire le porte. Gli viene spiegato che quando l'Archimandrita si dirigerà verso quell'angolo il rito sarà finito e le porte andranno aperte.

Ecco che dopo mezzora Stefano vede quella figura religiosa dirigersi verso l'angolo e si prodiga nell'apertura della porta, facendo entrare un notevole fascio di luce, salvo poi osservare che stava ritornando sui suoi passi, cioè proprio a marcia indietro, per continuare la messa!

Richiude la porta con tante scuse!

La scena si ripete dieci minuti dopo, sembra proprio finita! Apre la porta ma quel Pastore riappare!

Richiude le parte con tutti gli sguardi addosso e con il suo di sguardo che descrivere fantozziano è poco.

Dopo cinque minuti la stessa scena, ma il nostro buon Stefano stavolta non ci casca... peccato sia la volta buona in cui le porte andavano aperte, e si ritrova gli occhi addosso per spronarlo ad aprire!

Sloveno

Dopo qualche giorno dalla figura al funerale greco, Stefano è impegnato nel primo dei suoi tanti funerali in sloveno. Ovviamente essendo cattolici il rito è perfettamente uguale a quello in lingua italiana, con l'unico problema non da poco che lui non parla né conosce lo sloveno.

Per capire quando sia finito il rito e quindi intervenire spostando la bara, si fa dire dal prete della comunità slovena la parola chiave, ovvero l'ultima parola della messa che darà il via al suo operato.

Per non sbagliare si scrive la parola sulla mano e superata la mezzora del rito la inizia a guardare ogni tanto come uno studente in cerca del suggerimento. Qualche assonanza lo mette in difficoltà con parole ricche di ci ed esse simili a zeta, ma finalmente la sente!

Alza lo sguardo verso il Don, che con impercettibile assenso chinando il capo gli dà il benestare per muoversi. Con fierezza e la solita professionalità il nostro Stefano mostra anche una dose di poliglottismo!

Oh Dio, più che una dose una parola!

Rumeno

Rispettare le tradizioni di un popolo a volte può contrastare con le regole italiane. Rumeni (e anche zingari) vorrebbero essere sepolti sempre in terra e non in loculi comuni, in modo da rafforzare il contatto con la natura.

Un'altra richiesta molto sentita è che siano i parenti più stretti a portare in spalla il proprio caro defunto. Se da un lato è di sicuro impatto emozionale, dall'altro si scontra con le regole di sicurezza e assicurative relative all'ultimo trasporto.

Non lo avesse mai permesso! Che rischio è stato corso anni fa! Perché prendere sulle spalle una cassa non è una cosa da improvvisare: bisogna essere preparati e soprattutto organizzati nelle altezze! E come faceva a saperlo che uno dei sei seduti era molto più basso degli altri cinque! Saranno stati anche forti... ma era tutto storto! Altissimo rischio scivolamento e ribaltamento! Diminuito consigliando a quella persona di mettersi al centro tenendo le mani più in alto degli altri.

Fiiiuuuuu... Pericolo evitato!

Musulmano

Decisamente particolare il commento di Stefano sul funerale di un musulmano: "Cambio lavoro, faccio tutt'altro!".

Cosa cambia? Dal togliere il crocifisso dalla sala all'indicare la direzione della città santa, che lui conosce già perfettamente, in quanto la testa deve essere rivolta verso La Mecca. Ma è soprattutto la preparazione del defunto a essere particolare: innanzitutto la sepoltura deve avvenire velocemente, quindi dopo la dipartita c'è subito un processo di lavaggio e successivamente di purificazione, infine viene asciugato e profumato e avvolto in candidi bendaggi.

"Beh Stefano, direi più impegnativo."

"Ah no no! Non lo faccio mica io! Fanno tutto loro, o l'Imam oppure gli anziani, tra l'altro sempre in numero dispari. Con i musulmani quasi quasi riposo."

Neocatecumenale

Stefano ha svolto il suo servizio anche per le comunità neocatecumenali i cui funerali sono riconoscibili per due caratteristiche:

- C'è sempre tantissima gente per questo momento molto intenso, tanto da essere sempre tra i funerali più affollati;

- Ci sono tanti canti con l'apporto anche di chitarre e tamburelli.

Poi capitano gli imprevisti a prescindere dal tipo di funerale: tra una canzone e l'altra Stefano ricorda perfettamente che a qualcuno (non individuato) è scappata una sonora scoreggia!

Né prima né dopo... proprio nella pausa il più spiacevole dei rumori da sentire!

Per fortuna le emozioni e il coinvolgimento sono talmente intensi da riportare subito il clima al livello precedente la prrr... ops la pausa.

💀 La barzelletta a tema

Se muore il lattaio... viene parzialmente cremato.
Se muore il pasticcere sarà dolcemente cremato.
Meccanico in punto di morte: "Vorrei essere cromato!".

MUSICA

Detto dei canti dei Neocatecumenali nel capitolo precedente, è raro che la musica accompagni i riti funebri quando ci sono più camere occupate, e quindi si svolgono quasi tutti nel rispettoso silenzio.

Il fatto è che per qualcuno proprio quel silenzio risulta assordante e allora cerca nella musica conforto e supporto, mentre per altri le canzoni hanno la forza e la capacità di emozionare, far ricordare, con il rischio di non reggere l'aumento ulteriore del pathos (anche se, dicono, un pianto potrebbe essere liberatorio dal dolore interiore).

La scelta deve essere accurata, creando un'atmosfera di commemorazione, quindi Requiem e musiche di Beethoven o Chopin in leggerissimo sottofondo all'interno della camera mortuaria.

Distinguendo cerimonie religiose con toccanti Ave Maria e Hallelujah dai funerali laici, all'interno del cimitero Stefano ricorda sicuramente anche canti degli Alpini e del coro dei Partigiani.

Più volte, invece, per la scomparsa di un militare di qualche Arma suonò la tromba con il Silenzio.

Per la legge dei grandi numeri e dell'eccezione che conferma la regola, un trombettista probabilmente tradito dalla grande emozione una unica volta steccò! Una stecca non da poco tra l'altro. Povero! Che figura!

NONNA YO-YO

Adesso ci sono gli indistruttibili cavi d'acciaio, ma ai funerali ai quali ho assistito ho sempre avuto un po' di tensione al momento di calare la bara nella fossa coi vari loculi. E se adesso cade? Sono sicuro di non essere l'unico ad averlo pensato e aver pregato che non succedesse. È accaduto? Ahimé sì!

In tanti anni con migliaia di funerali, Stefano ricorda più episodi riguardanti quella fase.

La sincronia dei quattro addetti deve essere perfetta in modo che le quattro corde vengano rilasciate pian pianino alla stessa velocità in tutti i quattro punti, in modo che la bara scenda rimanendo perfettamente orizzontale. Uno di loro, però, aveva il "vizio" di farsi molti segni della croce: ne ha fatto uno appena la bara è stata prelevata dal carro funebre, ne ha fatto un altro quando è stata adagiata sul carrello con le corde sistemate e ne farà l'ultimo una volta finito.

Ma... ne ha fatto uno pensando che anche gli altri lo facessero nel momento esatto in cui gli altri tre iniziavano a calare!

Risultato? Bara completamente storta e in bilico con recupero problematico e di grande sforzo per gli addetti e di grande pathos per i presenti!

In un piccolo cimitero di un paesino si scava la terra su misura, si appoggiano due tavole come quelle da muratura per intenderci, gli affossatori si posizionano con cautela sopra per poter calare lentamente la bara nella buca. Stefano assicura che nessuno era in notevole sovrappeso tanto da giustificare (ebbene sì!) la rottura di una tavola all'apparenza in buone condizioni e craaack, avete presente il gioco televisivo condotto da Gerry Scotti "Caduta libera", in cui al concorrente eliminato manca improvvisamente il pavimento? Ecco, identico! Solo che lui al posto di morbidi cuscini si è ritrovato disteso a pelle d'orso su di una cassa da morto!

Anni dopo al posto delle corde furono usate delle cinghie collegate a una carrucola a manovella per la lenta e costante discesa. Ma anche gli ingranaggi dopo centinaia di usi possono sdentarsi e far saltare il meccanismo.

Le cinghie perfettamente fissate reggono sì, ma non essendo più controllate si avvolgono attorno alla cassa che scendendo più veloce ruota su sé stessa! E se già questa scena appare surreale, immaginatevi la successiva quando tirando su le cinghie la bara ruota nel senso opposto e molto più lentamente!

(Per farsi perdonare e scusare fu applicato un notevole sconto e fu assicurato che avrebbero riaperto la cassa per risistemarla prima di inserirla nel loculo.)

Povera nonnina Yo-yo!

QUELLI DEL SABATO!

I funerali si assomigliano tutti.

Qualcuno sceglie la sola benedizione, altri la messa; qualcuno è a bara chiusa, altri ancora scoperta. E i giorni dal lunedì al venerdì sono anch'essi pressoché uguali. Ma al sabato...

Cosa cambia con i funerali del sabato? Stefano e i colleghi hanno notato che la scelta dell'abito dei partecipanti è più ricercata e curata. Nei giorni feriali infatti i conoscenti, o comunque quelli che sono coinvolti in maniera più marginale dal lutto, possono ad esempio astenersi con un permesso dal luogo di lavoro e venire a dare l'ultimo saluto con abiti comuni o comunque "più normali", diciamo. Alcuni di questi anche si scusano, ma davvero volevano esserci a tutti i costi. Al sabato lavora indubbiamente meno gente e alcuni partecipanti devono uscire solo ed esclusivamente per partecipare al rito, ed ecco che la ricerca dell'abito adatto è fondamentale. Stefano, da sempre innamorato della vita e delle belle donne, fa intendere che non si riferisce al vestito da uomo e alla cravatta di un colore piuttosto che di un altro, ma che al sabato la sua mattinata risulta meno pesante per l'eleganza e la classe di tante donne maggiori rispetto agli altri giorni.

Sia ben chiaro: non è mai stato sorpreso con la lingua di fuori a lato della bocca e con le mani che si sfregano l'un altra, quindi concediamo al maestro del rispetto e del tatto che quando si parla di donne anche il suo di occhio voglia la sua parte.

È VIVA!

Una persona si reca all'ufficio informazioni all'ingresso del cimitero. Comunica nome e cognome all'addetto che inizia subito la ricerca sul numero di campo della sepolta.

Indaffaratissimo, le ricerche non danno frutti. Chiede se sia il cognome da nubile, ottenendo quello da coniugata. Ma anche in questo caso l'estenuante ricerca non dà frutti. Prova ad aggiungere la data di nascita che la signora gli fornisce, ma ancora niente, mentre sulla data di morte, sconosciuta alla richiedente, all'addetto sorge un sospetto: "Senta, ma è sicura che sia morta?", le chiede, ricevendo una risposta da lasciarlo allibito: "Ah, se non lo sa lei! Ah, quindi qui non c'è! Allora è viva! Evviva, è viva!".

Salta contenta e se ne va! Ahahahah. Mai vista una persona saltare così felice uscendo da un cimitero!

(E telefonate con la ricerca di nomi e cognomi per sapere se siano vivi o meno sono all'ordine del giorno!)

"È viva" fu urlato anche nell'unico caso di morte apparente che si ricordi a Trieste. Difficile da credere e viene ovviamente da chiedersi come sia stato possibile, ma una donna molto anziana è stata trasportata dall'ospedale all'obitorio e proprio lì ha dato qualche cenno di vita con perdita della coscienza e della sensibilità e l'impossibilità di percepire il battito cardiaco. Riportata in ospedale, è spirata, stavolta definitivamente il giorno dopo.

Il fatto risale ad anni fa ma è curioso come per scongiurare sepolture di vivi i corpi siano collegati a un allarme: niente di molto sofisticato ma molto funzionale, ovvero si lega con del velcro la caviglia collegando un cavo al muro. A tutti gli effetti il classico SOS che troviamo nei WC!

ALTRE INFO

Una persona anziana si reca nella portineria del cimitero per chiedere in quale campo trovare una vecchia amica morta anni prima. Le informazioni vengono impartite correttamente, ma il cimitero è grande e a perdersi ci si mette un attimo. L'addetto, infatti, uscendo dall'ufficio, nota che l'anziana sta già imboccando il viale sbagliato, così lascia il collega da solo, prende l'autovettura e si dirige a correggere il percorso offrendosi di accompagnarla.

E su questo da ridere ovviamente non c'è nulla. Ma una volta terminata la visita la signora torna in portineria per ringraziarlo e, ignara di aver avuto a che fare con la stessa persona, vedendolo esclama: "Ma voi che lavorate qua dentro siete tutti uguali? Bon, volevo ringraziarla per le informazioni e ringrazi anche il suo collega con l'auto, che è da mezzora che lo cerco ma non lo trovo più!"

"Buongiorno, vorrei andare a mettere un fiore sulla tomba di una mia vecchia amica deceduta anni fa ma non so dov'è sepolta. Mi può aiutare per cortesia?"

"Sì, certo. La cerchiamo col PC, mi dica l'anno della morte."

"Non lo ricordo, anni fa!"

"Nome?"

"Ah questo lo so! Anna!"

"Cognome?"

"Non lo so!"

“Ahahah ma signora! La ricerca ha prodotto qualche migliaio di risultati!”
“Bon dai, pian pianin!”

“Vorrei sapere dov’è sepolta mia mamma.”
“Mi dica il cognome da nubile.”
“Non me lo ricordo!”

APPARIZIONE

Tranquilli! Non stiamo per svelarvi alcun segreto religioso! Apparizione qui è inteso come comparsa: a testimoniare la professionalità di Stefano c'è stata anche la sua breve partecipazione a una famosissima serie televisiva. Candidatosi ai provini per "La porta Rossa" fu, infatti, scritturato nella parte di... indovinate un po'... Becchino, esatto!

Suo malgrado, però, creò qualche disagio alla produzione e al regista: la sua testa liscia e lucida rifletteva troppo le luci dirette verso la scena! Ahahah! E una volta accettato di indossare una parrucca pur di essere presente, si vide completamente e improvvisamente scompigliato perché la scena venne girata anche con un drone le cui eliche spettinarono il nostro attore calvo imparruccato!

La terza volta andò bene!

Ve lo abbiamo detto dall'inizio: Stefano era ed è un Vip tuttofare ancor prima dell'uscita di questo libro!

SCHERZI

Gli scherzi tra colleghi potrebbero formare un libro a parte!

Come in un qualsiasi altro luogo di lavoro scherzi, battute e qualche sana risata rinforzano il gruppo e contribuiscono in maniera essenziale a instaurare rapporti di amicizia. Più o meno pesanti ci teniamo a precisare che mai hanno coinvolto i defunti ai quali tutti portano il massimo rispetto

Lo scherzo più comune, quello più facile da realizzare, ma con il risultato maggiore? Entrare in una bara vuota, anche quella per i trasporti giornalieri, stare immobili in rigoroso silenzio e attendere il passaggio o l'arrivo di un ignaro collega per poi alzare solo il busto pronunciando qualche bella frase ad effetto. Banale forse, facile... per loro, ma voi entrereste in una bara?

Durante la vestizione del defunto Stefano si è avvicinato al collega indaffarato ma anche isolato dal mondo esterno per l'uso delle cuffiette e l'ascolto della radio. Si è chinato dietro di lui e proprio quando stava infilando la prima gamba nel pantalone gli ha stretto forte la caviglia abbaiando a più non posso! Ahahahah che salto deve aver fatto!

Pesante come scherzo ma è una scena che richiama il film Monty Python - Il senso della vita, nel quale un uomo mangiò talmente tanto al ristorante fino a scoppiare letteralmente.

Le vittime sono gli operatori ecologici che stanno pulendo la zona dell'obitorio. Il burlone indossa una tuta intera da lavoro completamente bianca come quella usata dagli imbianchini e di nascosto si cosparge di cibo per gatti. Esce urlando: "È scoppiato un altro morto!".

I netturbini si sono volatilizzati per lo spavento!

💀 La barzelletta a tema

"Dottore, mi fa male qui, mi fa male anche di qua e mi fa male anche qui."

"Le prescrivo quindici giorni di fanghi e quindici giorni di sabbiature."

"E mi passerà?"

"No, ma inizierà ad abituarsi a stare sotto terra!"

MORTO DUE VOLTE

"Maledetta tecnologia!"

Questo ha esclamato Stefano all'uscita dall'abitazione nella quale doveva recuperare un defunto. Peccato che in quella casa lui ci fosse già stato e avesse pure già prelevato la salma!

Cos'è successo? Con l'avvento della messaggistica sul telefono anche la ditta si modernizzò e iniziò a mandare le consegne tramite messaggio. A chi non è mai capitata qualche difficoltà nell'invio per una momentanea carenza di rete o viceversa sovraffollamento? Fatto sta che dal centro operativo il primo messaggio non parte e rimane a vagare nell'etere per giorni e l'ordine viene impartito a voce. Quindi località, via, piano e cognome vengono trascritti a penna dal nostro Stefano che parte per svolgere il suo lavoro a regola d'arte.

La settimana successiva, dopo comunque aver prelevato una ventina di salme, riceve un messaggio con la stessa località, via, piano e cognome. Non pensa a un errore ma piuttosto alla sfiga di quella famiglia che perde due componenti a breve distanza.

Parcheggia il furgone e con il collega estrae la cassa per il trasporto. Nemmeno il portone del condominio fa da ostacolo alla disavventura perché lo aprono senza nemmeno chiedere il classico "Chi èèèè?" al citofono.

"Buongiorno, eccoci qua, ci dispiace molto!" togliendosi il cappello con educazione.

"Ma... vi ha mandati il medico?", esclama la figlia e prosegue: "Mi è sembrato di aver parlato chiaro che ha solo qualche linea di febbre! Mi sembra alquanto prematuro questo intervento!".

Stupore e disagio si manifestano nei due necrofori perché sembra materializzarsi una figura di emme.

"Non siamo qui per la signora ma per il signor Franco", replica Stefano riaprendo e mostrando il messaggio.

"*De novo?* Un'altra volta? Lo avete portato via sette giorni fa!"

"Che figuraaaa! Ci scusi e... maledetta tecnologia!"

PROBLEMA

Anziana: "Mi scusi, ho un problema con una mia amica".

Custode della dimora dei morti: "Se posso aiutarla, signora, mi dica. Innanzitutto è ospite qui da noi o è viva?".

"È morta da trent'anni".

"Ed è in questo cimitero?".

"Non sempre! Qualche notte viene a casa mia, apre le finestre e gli armadi, e quando dormo mi tira per le gambe!"

(Dialogo vero riportato dal collega E. Grazie!)

HO PERSO IL MORTO

Go perso el morto! Ho perso il morto! E non "Ho perso mio marito, è morto". Tra le tante domande e frasi strampalate sentite e raccolte per scrivere questo libro, c'è anche questa esclamazione fatta da una signora a un addetto del cimitero. Oltretutto secondo lei la frase conteneva tutte le informazioni necessarie per ricevere la risposta in tempi brevi, anzi brevissimi, visto quanto era furiosa e già spazientita dalla bocca aperta e muta dell'interlocutore.

"Ho perso il morto! Dov'è? Veloce!"

Solamente riportandola alla calma si è ricostruito che: la signora stava seguendo il corteo funebre di un lontano parente, passati accanto al campo 5 lei si è staccata dal gruppo per portare un fiore a un amico sepolto lì. L'operazione e qualche preghiera devono essere durate più del previsto, perché al suo ritorno sul viale principale non c'era più nessuno! Nel silenzio assoluto ha iniziato a urlare, spaventando anche qualche ignaro visitatore: "Ho perso il morto! *Go perso el morto!*".

Ha cercato a destra e a sinistra ma niente, è ritornata in cappella chiedendo al primo malcapitato, come se lui dovesse conoscere orari e direzione di ogni corteo funebre! Risalendo grazie all'elenco esposto alla soluzione, riferisce alla signora: "Campo 7, giri di là, fino in fondo!".

Pensate abbia ringraziato? Macché.

"Ma tanto ci voleva! Ora lo recupero!" (il morto!)

NUMERO

Quando un bimbo nasce gli legano al polso un braccialetto con nome e numero, in modo da essere legato alla mamma che ne possiede uno uguale. Ovviamente la mamma lo riconoscerebbe in mezzo a cento, ma la sicurezza è aumentata nel tempo in quanto una piccolissima percentuale di famiglie ha avuto per qualche giorno, a volte anni, figli non propri con errori di scambio di culla. Incredibile, sicuramente raro, ma è accaduto. Ed è difficilissimo risalire alle responsabilità e colpevoli.

E per la legge dei grandi numeri pensate che non sia accaduto anche con qualche defunto?

Il racconto di Stefano ha un lieto fine, ma anche in questo caso non è stato chiarito come la targhetta di uno sia stata associata alla salma di un altro. Per fortuna c'è una prassi (ancora ulteriormente migliorata) che riduce ulteriormente questo rischio, ovvero un parente stretto deve riconoscere il defunto e immediatamente dopo la bara può essere chiusa in parte o completamente con la targhetta fissata.

Proprio in una di queste fasi viene chiesto alla vedova:
"Riconosce suo marito?"
E solitamente la risposta, tra lacrime e singhiozzi, è:
"Sì, è lui, chiudete pure."
Ma in questo caso la risposta prende tutti di sorpresa:
"No!"

"Signora, siamo consapevoli del suo momento di difficoltà, ma la dobbiamo informare che in pochi giorni il corpo muta, quindi le chiedo se riconosce suo marito", specifica l'addetto, non potendo nemmeno immaginare un errore e con l'esperienza di aver visto tanti di quei difficili momenti per i parenti!

"La scolti! Mi sarò anche in difficoltà, ma no son mona! Mio marì iera basso e moro, sto qua xe biondo coi mustaci!"

E continua, guardandosi in giro:

"Eccolo là! Mio marito, nell'altra bara!"

Lo ripetiamo: come e cosa sia successo (giro d'aria e i cartellini caduti, errore perché i cognomi erano simili o malauguratamente uguali, qualcosa di imprevisto) non si sa, ma al giorno d'oggi le tecniche sono ancor di più affinate quindi non capiterà più...

Si spera.

OSPEDALE

Ovviamente ci sono anche celle mortuarie negli ospedali, solitamente nei sotterranei. È un' infermiera a raccontarmi un aneddoto stavolta.

Alla fine del turno serale stavano, infatti, uscendo dallo spogliatoio sito anch'esso nel sotterraneo, quando il collega si blocca esclamando: "Guarda! Si sono dimenticati un morto davanti alla cella!".

Si avvicinano con circospezione a quella che sembra a tutti gli effetti una salma nascosta dal lenzuolo, e per assicurarsi del decesso lo scoprono ricevendo però un urlo: "Alloraaa!!! Si può dormire in santa pace o no?", che li fa sobbalzare all'indietro.

Prima di realizzare che un barbone aveva trovato conforto su di una barella per trascorrere la notte al caldo hanno passato qualche secondo da urlo. Sì, ma da urlo di Munch!

CADUTA... DI STILO

Quante cose ci cadono dalle mani o dalle tasche!

Solo l'esperienza e i saggi consigli dei colleghi esperti possono aumentare la professionalità di becchini neoassunti o anche di qualcuno che si trova a fare un'operazione non prevista e l'attenzione a tutti i particolari viene un po' meno.

I necrofori lavorano in nero. No! Non intendo l'assenza del contratto di lavoro e il mancato pagamento dei contributi! L'abito deve essere scuro, spesso grigio, e qualcuno che cura il proprio outfit più degli altri aggiunge i pochi accessori che sono permessi indossare. Già una sola penna in metallo infilata nel taschino della giacca può dare un po' di luce all'abito. Tutto però deve essere ben stabile e fissato altrimenti...

Funerale in piccolo paesino di provincia, dove nel piccolo cimitero si scava la terra per la sepoltura. Tutto procede senza intoppi, ma per assicurarsi che l'operazione si concluda nel migliore dei modi un addetto si sporge in avanti e la penna, una bella ed elegante stilografica, fuoriesce dal taschino infilandosi perfettamente tra bara e terra. Non si può far finta di nulla perché la scena l'hanno vista tutti. È necessario rialzare a mano con le cinghie la bara per creare lo spazio sufficiente affinché il collega possa chinarsi e raccoglierla. Protrae la mano, mostra a tutti di averla recuperata, ma mentre i colleghi riabbassano lentamente la cassa lui toccando la tasca dei pantaloni esclama: "Nooooo! Il cellulare!".

Il caposquadra lo allontana chiedendo scusa ai partecipanti e provvede a far rialzare la cassa, recuperare a tastoni al più presto il cellulare e a riconsegnarlo al proprietario sbigottito. La terra gettata sopra al defunto con l'ultimo saluto sembra porre fine al funerale. Al funerale sì, ma non alla nostra storiella. Dopo una decina d'anni, forse dodici come nei campi comuni, c'è stata la riesumazione e accanto al feretro comparve un piccolo oggetto in plastica simile a una bustina. Pulito dalla terra riemerse il cartellino con nome e cognome di quel maldestro necroforo, che gli addetti presenti ricordano essere stato presto licenziato perché ne combinava più di Bertoldo, facendo fare all'azienda cadute di... stile/o.

CRISTO

"Cristo! Cristo!"

"Dai non bestemmiare! Siamo in un cimitero!", replica sottovoce al collega.

"Ma quale bestemmia mai! Ma figurati se nomino invano! Cercavo di avvisarti che stavi piegando il Cristo di quella lapide! Non te ne sei accorto e mi sa che non se n'è accorto nessuno, ma guardalo (indicando cinque metri indietro), ora è in obliquo che sembra cada a momenti!"

Ci troviamo in un paesino sul Carso, con quei cimiteri piccolissimi dal clima quasi famigliare, dato che sicuramente si conoscono, anzi conoscevano, tutti. Una delle caratteristiche di questi luoghi è che col passare degli anni c'è sempre meno spazio anche per il solo passaggio, figurarsi per trasportare un nuovo arrivato. I necrofori stanno ben attenti a dove mettere i piedi ma ahimè un angolo del giubbotto si impiglia in una croce posta sopra un vasetto di fiori.

Tranquilli! Sono tutti bravi ragazzi! Si sono trattenuti fin dopo la cerimonia per porre rimedio. In fondo non hanno tirato giù nessun Cristo... l'avevano solamente storto un po'!

SCARAMANZIA

Quando qualcuno vede passare un carro funebre vuoto pensa che porti sfiga perché si presume che esso debba essere occupato da un cadavere. Interpretandolo come un preannuncio di morte i maschi si toccano i testicoli. Ma mi raccomando con la mano destra! Perché toccata mancina la morte si avvicina. Si ritiene, infatti, che la forza vitale dei testicoli possa allontanare gli influssi maligni. Mentre le donne, molto più raramente, dovrebbero toccarsi il seno sinistro con la mano destra.

Vi siete mai chiesti cosa fa il cocchiere, ovvero colui che guida il carro funebre più volte al giorno e di scene così ne vede a centinaia?

Stefano mantiene la sua professionalità, anche perché c'è comunque il nome della ditta sulla fiancata, da non sputtanare. Se, invece, il gesto è molto evidente o insistente, lui saluta! Se ha il cappello e magari è fermo al semaforo se lo toglie, porgendo i saluti migliori a chi lo sta osservando... con l'effetto di aumentare la pressione delle sue mani sulle palle! Ahahahah!

ODIO E GENTILEZZA

In quasi tutti i cimiteri c'è una zona monumentale con vere e proprie catacombe, tombe di famiglia con enormi statue e con camere anche da sedici posti. Appartengono ovviamente alle più ricche famiglie della città.

Gli addetti cimiteriali si trovano a svolgere un servizio di adattamento in una di queste vistose tombe e vengono chiamati a partecipare e visionare anche i parenti in vita. Come se fosse tutto di sua proprietà, uno degli eredi scavalca la zona delimitata e incurante delle norme di sicurezza si appresta a scendere nella zona sotterranea.

"Qui è tutto mio e faccio quello che voglio, si sposti dalla scala!", esclama con modi antipatici, anzi odiosi per quanto fastidiosi, senza seguire le direttive che prevedono, ad esempio, di non entrare con quei mocassini lucidi e perfetti da centinaia di euro.

Nessun parente interviene per farlo ragionare e una volta terminato il preciso lavoro richiesto nessuno di loro ringrazia, non elargisce alcuna mancia, non dovuta per carità, e nemmeno saluta.

Un'ora dopo si svolge un funerale molto semplice di un vecchietto la cui moglie novantenne non sembra proprio possedere molto, dati gli abiti semplici e l'assenza completa di qualsiasi gioiello a parte la fede nuziale. Ma da quelle mani dalle dita sottili e pelle quasi trasparente escono alcune caramelle che la signora dona ai due becchini, con una carezza sul viso in segno di ringraziamento.

A distanza di pochissimo tempo ecco la dimostrazione che eleganza e signorilità non sono abiti che puoi comprare ovunque, ma sono abiti da sartoria che hai cuciti addosso.

ELEGANZA E SENSUALITÀ

Avete presente la frase *"Ti te staria ben anche se te se meti un bucal in testa"* ovvero che saresti elegante anche indossando un vaso da notte come cappello?

L'impegno di Stefano nel preparare il defunto è sempre massimo, ma bisogna accettare che così come in vita anche da morti qualcuno è più bello e altri un po' meno e che anche l'abito qualcuno lo porta meglio di altri, a prescindere da tutti gli adattamenti che possono fare i dipendenti dell'agenzia funebre.

In un caso di riesumazione Stefano ricorda di essere rimasto incantato da quanto era bella quella signora.

Lui stava svolgendo il suo lavoro con i soliti movimenti ripetitivi e meccanici che prevedono di estrarre la bara dal loculo dopo tot anni, aprirla, separare vestiti ed eventuali oggetti dalle ossa rimaste, in modo da raccoglierle per la fase successiva, cremazione o deposito in ossario che sia. Ebbene, all'atto dell'apertura gli si è presentata una dama! Incredibile come la posa in quell'abito verde lungo d'altri tempi sia rimasta di una eleganza innata e niente, nemmeno capelli e unghie ovviamente cresciuti post-mortem, potevano intaccare la classe e la postura di quella defunta. "Una scena quasi da film," ricorda Stefano. "Anzi se la vedi in un film ti viene da pensare che sia inverosimile per quanto incredibile appaia."

E poi c'è lei. Quella che ti fa esclamare "Accipicchia signora!", per non usare termini più pesanti. Ribadiamo che tutti gli addetti son ben lontani da profanazioni e azioni irrispettose, ma in fase di riesumazione di una zona di un campo si sono imbattuti in una defunta con un abito leggero, reggiseno in pizzo, mutandine striminzite coordinate e autoreggenti. Una quarantenne che voleva raggiungere un suo amato sorprendendolo nell'aldilà? Macché! Età della defunta: 89.

Con il collega approfondisce per accertarsi che l'età scritta all'esterno corrisponda, perché rappresentava una novità sorprendente. Tutto confermato, anche dal tipo di ossatura e altre caratteristiche ben conosciute da chi svolge quotidianamente questo strano lavoro. L'arzilla vecchietta aveva proprio scelto di essere sepolta così, chissà se fosse solita usare quegli indumenti anche in tarda età o se sia stato un desiderio pensato ed esaudito col suo compagno d'allora!

TETTE!?

Sì! Avete letto bene! Tette, ma con un punto esclamativo e un punto di domanda perché rappresentano un'altra eccezione, sulle quali, ricordiamolo, questo libro è basato, ed è una sincera esclamazione di sorpresa lontanissima da profanazioni o volgarità.

È capitato, infatti, che sia stata riesumata dopo dodici anni una delle prime donne che avevano subito l'operazione di mastoplastica con un evidente aumento del seno.

Con la premessa che nessun documento lo certifica, Stefano e i colleghi stanno svuotando alcuni loculi per poi aprire le casse e sistemare i resti dei defunti nelle rispettive cassette. I movimenti sono sempre gli stessi, ripetitivi per quanto professionali, fino a quando all'apertura di una bara si materializzano due seni enormi su un corpo consumato dagli anni. Silicone o polipropilene che sia ha un tempo di deperibilità e degradabilità lunghissimo, quindi erano intatte ma ancor più visibili perché tutto il resto era già asciutto.

"Tette?!", sì, avete ragione, avrebbe dovuto dire "Che protesi!" o "Pofferbacco!", ok, ma suvvia, non era mai capitato e rappresentava una sorpresa incredibile lontana da qualsiasi bramosia!

Rimaneva comunque il problema di dove collocare quel materiale. Nel bruciatore e formare fumo nero inquinante e probabile forte odore di gomma bruciata? Riconsegnarle ai parenti? Gettarle nella plastica come nulla fosse e senza il rispetto dovuto a qualcosa che ha fatto comunque parte di una persona?

A oggi vengono conservate separatamente tutte assieme e poi smaltite secondo le regole. Se tu che stai leggendo hai il seno rifatto sappi che farà il suo bell'effetto, anzi molto di più, anche nell'aldilà!

Una tetta è per sempre! Come il diamante!

CHE BEL POSTO

Qualcuno ha tombe di famiglia e sa perfettamente dove verrà sepolto. Un'altra piccola percentuale decide per la cremazione e sceglie, ad esempio, la dispersione delle ceneri in mare, operazione che deve seguire un preciso iter, con un ispettore che garantisca la distanza di 150 metri dalla costa e che l'urna sia di un materiale specifico simile alla carta pesta. Ma la gran parte delle persone non ci pensa proprio in che campo e in quale zona verrà sepolto.

Tranne lei: una arzilla vecchietta che 20 e più anni fa, all'età di 75 anni, si era innamorata di un posto che, a suo dire, aveva la vista su un magnifico albero e si trovava accanto ad alcuni suoi amici. Lo prenotò come previsto per cinque anni, pagò seguendo il tariffario che varia in base all'altezza nel colombario (più in alto è il loculo più basso è il prezzo), ma per i successivi cinque anni la morte non sopraggiunse.

Scelse di prenotarlo ancora, ma nemmeno a 85 la salute iniziò a traballare. Alla successiva possibilità di prenotazione sorse un problema: l'albero c'era ancora ma mancavano pochi anni alla riesumazione di quegli amici. Diventò quasi un gesto scaramantico, perché tuttora il posto è vuoto ma risulta prenotato!

P.S. L'albero sembra resistere!

NUOVI ASSUNTI

"Lavori precedenti?"

"Ho lavorato da Tigotà e Sephora, i negozi di detersivi, profumi e bellezza."

"Diciamo che a livello di odori ci sarà un po' di differenza!"

Alla domanda su come faccia un neoassunto a sopportare e a superare tutti gli odori che probabilmente gran parte di noi non può nemmeno immaginare, mi viene data una risposta particolare: devi subito respirarlo a pieni polmoni, l'odore deve entrarti dentro, devi farlo tuo in modo da abituarti. Se andrai sempre col naso tappato ti sorprenderà sempre e non ti abituerai mai.

Il neoassunto accolse il consiglio di Stefano, ma l'odore che iniziò proprio a non sopportare fu subito quello dell'altro candidato assunto con lui. Per essere pulito era pulito, certo, e lo avrebbero redarguito se non lo fosse stato, ma soffriva di flatulenza.

Con le scoregge si può scherzare fino a quando non diventano un problema, perché più volte entrando in obitorio il primo ha esclamato "Che tanfo!", mentre l'altro, che la sua di puzza l'aveva già respirata a pieni polmoni e quindi fatta sua, esclamava "E lo so, quello davanti alla cella 4 è ancora da pulire!", ricevendo come risposta: *"Ma no lui! Ti mona!"*.

Bravissimo lavoratore comunque, ma esentato dal trasporto a mano delle salme, in quanto sulle prime 4 operazioni svolte in due gli partì un sonoro PRRRR da far rabbrividire anche il morto! E fece anche perdere la mancia che spesso viene elargita al termine del funerale.

ZOMBIE

Erano più di ottanta!

Da dentro verso fuori.

Attaccati al cancello, alcuni arrampicati addirittura.

Malori e paure.

Zombie?

Macché!

Ottanta persone si sono ritrovate chiuse all'interno del cimitero. Il grande cancello era chiuso e qualcuno di loro iniziava seriamente a preoccuparsi della prospettiva di dover passare la notte all'interno. Allertate le forze dell'ordine, solo dopo un'ora il custode con le chiavi è stato rintracciato.

Cos'era successo?

A causa del cambio dell'ora solare il cimitero aveva chiuso un'ora prima! In realtà qualche sospetto di non aver suonato la campana del "fuori tutti" gli era pure venuta, ma l'orologio indicava chiaramente: è ora di chiudere.

E via lui!

AUTORIZZATE RICOVERATE

Per entrare con l'automobile in cimitero servono permessi con serie motivazioni documentate. Ne vengono rilasciate poche proprio per non creare caos all'interno e, anzi, viene messa a disposizione una vettura con autista per trasportare i visitatori con problemi di deambulazione. Curiosi i nomi che vengo affibbiati a questo mezzo, da carrozza a navicella o shuttle.

Quindi quale percentuale di probabilità c'è nell'enorme cimitero che due macchine possano percorrere uno dei tanti viali contemporaneamente in direzioni opposte? Basse, ma evidentemente non nulle.

E tra queste pochissime autovetture circolanti quale può essere la probabilità di incrociarsi esattamente alla stessa ora in uno dei tanti viali? Minime, ma evidentemente non nulle, dato che due signore in età hanno pensato bene di non rispettare le regole del codice della strada, vista anche la completa assenza di cartelli stradali. E tra il passo io che non passi tu si sono scontrate frontalmente!

Comici i rilievi effettuati dai vigili urbani, esterrefatti data l'assenza di toponomastica. E comico anche il fatto che entrambe si siano fratturate il femore, potendo così continuare a mandarsi a quel paese anche in reparto ortopedico.

💀 **La barzelletta a tema**

Incidente in cimitero.
Intervenuti i carabinieri dichiarando migliaia e migliaia di morti! E continuano a scavare!

💀 **La barzelletta a tema**

"Hai sentito? È morto Tusi?"
"E chi è sto Tusi?"
"Sul giornale c'è scritto incidente, due morti, tre contusi!"

CLICK

Anni novanta. Mia zia Marisa obbliga zio Franco a vestirsi bene, anche troppo, perché sembrava lui il padre della sposa, a un matrimonio di un nipote. Al momento delle foto, ricordo zia spostare un po' il capo, allontanandosi da lui. Zio Franco, che scemo non era, aveva già capito tutto e nella foto sulla lapide appare a mezzo busto con le braccia davanti al corpo. Quando la vedo sorrido perché ricordo perfettamente che si stava toccando le palle nel più chiaro dei gesti scaramantici! Ahahah!

Le foto sulle lapidi sono tutte belle. Sicuramente tra le migliori scattate in vita. Beh ovvio, dato che l'ultimo ricordo di quella persona deve essere il più bello possibile, sia per quanto riguarda la funzione funebre sia la foto che vedremo per anni. E allora sapete da dove erano ricavate la maggior parte delle foto prima dell'avvento dei cellulari?

Dal matrimonio più recente!

Alla notizia della morte di uno zio, dopo aver elaborato il lutto, ci si chiedeva: chi si è sposato per ultimo? Si sfogliava l'album, si cercava la foto dello zio, la si ritagliava separandolo dai parenti in vita (tremenda zia Marisa che si era già portata avanti!), per poi consegnarla al fotografo e all'agenzia. La foto facilitava anche la scelta dell'abito con cui seppellirlo: lo stesso!!!

D'altronde nessuno andava elegante in un giorno qualsiasi della settimana dal fotografo chiedendo: mia moglie ha detto che potrei andare a dormire in pigiama e ritrovarmi col vestito buono, mi sono vestito elegante, mi può fare una bella foto?

Coi cellulari è cambiato molto. Tanta più scelta con possibilità di modifiche. Chissà se sarei riuscito a convincere zia Marisa a fare una semplice foto allo zio per poi fotoshopparlo con la cravatta!

Infine, una confidenza rivela che nei tempi morti, e mai aggettivo è stato più azzeccato, gli addetti cimiteriali cercano di far passare il tempo più velocemente cercando sia cognomi e nomi particolari tra i defunti (per problemi di privacy non li pubblichiamo ma vi assicuriamo che devono aver avuto genitori molto cattivi o molto distratti al momento della scelta del nome!), sia somiglianze con personaggi famosi tra le varie foto sulle lapidi. D'altronde dicono che ognuno di noi ha sette sosia, ma non specificano se in vita o meno!

💀 La barzelletta a tema

Due scheletri vogliono uscire dal cimitero. Uno però torna velocemente verso la sua tomba e ritorna portando con sé la lapide.

"Senza documenti non vado da nessuna parte!"

UN LORO NECROLOGIO

Capita che anche qualche becchino da trasportatore diventi trasportato.

Un necrologio pose qualche dubbio tra i colleghi in quanto recitava così: "Con lui se ne va uno dei nostri migliori lavoratori".

La domanda che si fecero fu: "Ma chi è il gran lavoratore che se n'è andato con Tony?".

💀 La barzelletta a tema

"Che lavoro facevi?"

"Custode al cimitero. Ma mi sono licenziato! Ero in portineria e mi stavo annoiando. Ho fatto una passeggiata tra le tombe e ho iniziato a leggere qui riposa Mario, qui riposa Bepi, qui riposa Lucia, insomma riposavano tutti e l'unico *mona* che lavorava ero io!"

MORTORADUNO

Non motoraduno ma con la erre, mortoraduno. E non sono motociclette con la bara come sidecar!

È un simpatico gioco di parole inventato da uno del settore per un ritrovo goliardico e festoso di becchini, affossatori, e addetti di tutte le ditte per rallegrarsi un po' con grigliate, buon vino e una partita a carte tra amici.

Chissà... forse il tema del prossimo mortoraduno sarà questo libro!

💀 La barzelletta a tema

"Pensa che il mio amico è morto giocando a poker!"
"Collasso?"
"Ma che ne so! Non sono mica andato a guardargli le carte!"

"Stefano, hai viaggiato?"

"In aereo intendi?"

"Ma no! Per il tuo lavoro intendo. Hai trasportato defunti in vari posti immagino..."

"Ho capito! Non scherzo mica, ho imbarcato più volte qualche salma sugli aerei!"

"Cosaaa? Racconta!"

"Se c'è da far rientrare una salma in patria, la famiglia si fa due conti e a volte il viaggio in aereo costa meno del lungo tragitto in macchina. Sai quanto paga un morto?"

"Non me lo sono mai chiesto! Come uno vivo?"

"Si paga a chilo! C'è un prezzo fisso, ma la differenza la fa il peso."

Si paga a peso come il bagaglio! Incredibile no? E l'imbarco è una operazione che viene fatta, se possibile, quasi di nascosto, per non urtare la sensibilità di qualche viaggiatore. Chissà quante volte avete viaggiato con un morto in stiva e voi non lo sapevate!

"Hai fatto altri viaggi?"

"Tantissimi! A volte ero come la serie A di calcio!"

"Cioè?"

"Una volta in casa, una volta in trasferta! Ahahah! Mi

ricordo che dovevo recarmi in Serbia. Non c'era ancora il navigatore e mi avevano fornito la cara vecchia cartina geografica. Era estate e ricordo che c'era parecchia fila al confine e tutti mi guardavano per storto, sia per il tipo di posto letto che trasportavo, sia perché saltavo la fila. La stessa reazione che hanno avuto i turisti in Calabria quando saltai la fila per imbarcare me e il mio amico muto sul traghetto per la Sicilia! La Polizia al confine chiedeva i documenti e cosa trasportassi. Dichiara? Mi chiesero... E cosa vuoi che dichiari?!? Guardi dietro! A voce io dicevo un morto, un kaputt, facendo il segno della croce, ma nessuno ha mai pensato di controllare accuratamente il contenuto! Avrei potuto trasportare armi e droga tranquillamente e a quest'ora essere straricco. Il problema sorse in Serbia, in periferia, dove i nomi dei paesi sui cartelli erano scritti in cirillico. Dovevo raggiungere un piccolo paesino già di per sé disperso, figurarsi senza indicazioni chiare! Passai in mezzo a vallate bellissime, c'erano persone che alla vista di questo macchinone mi guardavano con l'espressione uguale alla mucca quando vede passare il treno. Ad un'ora dall'inizio della cerimonia io ero praticamente disperso. Ricordo di aver fatto un corso accelerato di lettere cirilliche con uno studente all'uscita di una piccola scuola, riuscendo a dare dei nomi riconducibili a quelli della cartina. Arrivai in tempo e mi colpì il fatto che erano tutti in nero! Una macchia nera di persone che mi attendeva! Che esperienza!

Tanti anni fa feci un trasporto in Piemonte. Arrivato al cimitero per la cerimonia pomeridiana, gli addetti presero in carico la cassa liberandomi da ogni impegno. Iniziai a chiacchierare con la vigilessa, libera anche lei dopo aver liberato la strada, raccontandole le stesse avventure che sto raccontando qui, e che a volte guido un Mercedes, altre volte una Jaguar! Rise talmente tanto che accettò il mio invito a cena. Con cena e stanza d'albergo spesati per la trasferta! Quanto ci siamo divertiti! E non finì lì! Alla mattina i parenti del defunto mi omaggiarono di una dozzina di bottiglie! Insomma viaggio di andata e ritorno entrambi con la cassa... una da morto, l'altra di vino! Ahahah! Viaggio memorabile! Della serie: prima bara, poi Barolo.

Per il viaggio in Romania la mia ditta si accordò con il fratello del defunto di portarlo con me come passeggero. Maledetto il momento in cui gli concessi il permesso di fumare all'interno dell'automobile! Fumò sempre! Per tutto il viaggio! Cioè, posso capire il nervosismo, ma arrivammo a destinazione che puzzava tutto... noi, i fiori e anche il morto!

Una curiosità riguarda invece gli Hotel. Non possiamo assolutamente fermarci dove vogliamo, perché in tanti non accettano che i propri clienti aprano la finestra e si ritrovino un carro funebre pieno o vuoto che sia in bella vista. Dobbiamo nasconderlo! E non è piccolo! Per fortuna qualche albergo ha garage riservati e appartati. Che sarà mai dormire con un carro parcheggiato davanti alla finestra anziché vedere il mare!"

GUASTI

A chi non è mai capitato di bucare una gomma? E per quale motivo un'automobile adibita al trasporto funebre dovrebbe essere esente? L'unica aggiunta è che oltre al crick e a tutte le normali procedure si sono accodati tutti i veicoli di parenti e amici al lato della strada, dando leggermente nell'occhio. E su migliaia e migliaia di trasporti un guasto che impedisce all'automobile di proseguire può capitare no?

Anni fa Stefano stava trasportando solamente l'urna con le ceneri verso il cimitero dove si sarebbe tenuta una funzione religiosa. Giunto in piazza Foraggi, la macchina non ne vuole proprio sapere di ripartire e a quella cerimonia mancano 15 minuti. Per i non triestini, dovete sapere che il cimitero principale di Trieste si trova aldilà (scusate, il doppio significato) della galleria Foraggi, oggi rifatta e luminosa, ma fino a qualche anno fa tetra e rovinata.

Che fare? Innanzitutto mettere in sicurezza il carro funebre e pazienza se sosterà qualche ora davanti a un bar in attesa dell'altro carro, quello attrezzi.

Poi? Cercare una cabina telefonica e chiamare un taxi? E se per caso si rifiutasse di effettuare un trasporto particolare? E intanto il tempo passava. Bisognava prendere una decisione per non far tardi alla cerimonia.

Stefano, dotato di fisico prestante, decide di tenere l'urna in braccio come fosse un bimbo in fasce e inizia a correre sul marciapiede dissestato di quel tunnel quasi buio. Corre come fosse il tedoforo con la torcia olimpica che deve arrivare alla meta in tempo. La fiamma non può spegnersi e quell'urna non può rompersi! C'è il serio rischio che le ceneri vadano disperse tra le polveri della galleria.

Corri Stefano, corri! Dai sei quasi a metà e tutto è ancora integro: ginocchia, caviglie e ovviamente il contenitore.

A metà galleria una pattuglia di carabinieri, per sfiga o per fortuna, lo ferma, anche perché quel vaso nelle sue braccia sembrava davvero pregiato! Fanno un po' fatica a credere al nostro sudatissimo e trafelato corridore, ma decidono di aiutarlo: Stefano si accomoda sui sedili posteriori con l'urna intatta e a sirene spiegate, dando leggermente nell'occhio, arriva giusto in tempo per la funzione religiosa! Olè! Tutto è bene quel che finisce bene! Oddio, c'è sempre un morto di mezzo...

FUOCHI D'ARTIFICIO

Non ci riferiamo a quegli omaggi alla persona scomparsa fatti a Lecce, a Palermo, eccetera. E nemmeno a quella pazza idea, per quanto originale, messa in pratica da un australiano, che mescolò le ceneri del proprio caro alla polvere pirica, perché "voleva andarsene con il botto" e liberato in aria con i fuochi d'artificio appunto.

Parliamo di un caso inaspettato di qualche anno fa.

Fu, infatti, riesumato il corpo di una delle prime persone che avevano in tasca un cellulare, lasciato lì per volontà sua o di un proprio caro. Essendo stato anche un gran fumatore, qualcun altro fece scivolare anche un accendino nella bara, dato che in un eventuale aldilà avrebbe potuto accendere le sigarette custodite nell'altro taschino.

A causa di probabili infiltrazioni nel loculo, indebolimento e danneggiamento della struttura, si decise di bruciare tutto assieme, data l'impossibilità totale di separare ogni cosa come da prassi.

Ignari del contenuto di quelle tasche o ciò che rimaneva di esse, gli addetti al forno assistettero a un susseguirsi di scintille colorate, verosimilmente del cellulare, e alle altissime temperature del forno (quasi 850 gradi!) l'accendino partì come un missile, per poi scoppiare lasciando gli addetti a bocca aperta. Che scena! Immagino la stessa espressione che abbiamo tutti noi ammirando i fuochi d'artificio in una sera d'estate!

 La barzelletta a tema

Scoppio in cimitero.
Bum!
Tutti morti.

PAURA

"Però io non ci credo che tu Stefano non abbia proprio mai avuto paura o almeno preso un piccolo spavento!"

Ci pensa un po' e specifica che paura paura proprio no, ma qualche imprevisto ha reso decisamente particolari le fasi del suo lavoro ripetitivo.

"Ricordo che eravamo in obitorio e non ci eravamo resi conto dell'arrivo di un forte temporale estivo. Ecco, quel fulmine col tuono immediato e l'istantaneo black-out ci ha fatto fare un salto."

"Ok, ma io intendevo qualcosa che riguardi più i morti!"

"Beh, si sono accese le luci d'emergenza e il mio collega ha urlato vedendo tutti quei cadaveri nella penombra come non li avevamo mai visti!"

"E solo il tuo collega ha urlato? Tu no?"

"Ma vaaa! Ma cosa vuoi che sia! Il tuono era forte, quello sì!"

Gli crediamo?

"Un giorno stavamo riesumando alcune salme in quanto erano passati tanti anni, quando ho aperto un coperchio e lo stavo appoggiando a lato mi sono sentito osservato!"

"Visitatori curiosi che hanno sorpassato il limite?"

"No, no! La salma mi stava guardando!"

"Eeeeh?"

"Sì, aveva gli occhi di vetro! Ahahah! Intatti, rimasti in posizione, ma rivolti verso il coperchio che stavo sistemando!"

Insomma un controllo qualità post-mortem, anzi post esumazione.

"I morti, del resto, figliuola, non fanno male; dai vivi devi guardarti"

(Luigi Pirandello)

VIAGRA

Stefano ha recuperato migliaia di salme ma fra i casi più curiosi ci fu un prelievo di un signore di mezza età immerso nei porno.

Il corpo senza vita fu segnalato da un suo amico, con la probabile causa di morte data dall'overdose di pastiglie blu, dato il numero di scatole vuote ritrovate lì vicino. DVD pornografici in enorme quantità, riviste e foto erano sparse per tutta la stanza. È proprio il caso di dire che così come è venuto così se n'è andato!

💀 La barzelletta a tema

Marito: "Quando morirai sulla lapide farò scrivere: finalmente zitta".

Moglie: "Quando morirai tu farò scrivere: finalmente rigido!"

INDIETRO TUTTA

Non c'è volta in cui non ci sia un episodio di maleducazione all'esterno delle camere ardenti. E ogni volta Stefano deve far smettere le chiacchiere rimproverando "Signori! Un po' più di silenzio, prego!", ammettendo tuttavia che il ritrovo tra persone che non si vedono da anni, con relativi aggiornamenti ed emozioni, difficilmente può essere silenzioso. A volte si instaura una sorta di competizione con frasi tipo: "Non siamo noi a far caos eh, sono quelli della camera numero 2! Noi siamo più bravi!".

E non c'è volta in cui qualche cellulare non suoni!

Sicuramente sono maleducati coloro che non silenziano il proprio telefono durante qualsiasi fase di una celebrazione funebre. Ma a difesa di qualche persona anziana, c'è anche l'ignoranza su come si faccia ad attivare quella modalità, ma anche forse la consapevolezza che quel telefono suona così di rado che... "Mica suonerà proprio adesso!?!"

Le suonerie di solito sono quelle classiche e, a parte una signora particolarmente sorda che non si accorse che il suono prolungato stava arrivando proprio dalla sua borsa, nel giro di qualche secondo vengono spente, ricevendo parecchi sguardi infastiditi e anche offesi.

Tra tutti questi episodi uno superò decisamente il limite del consentito e se ora vi farà sorridere immaginatevi quali reazioni possa aver scatenato.

Parenti e amici sono in fila, ordinatamente entrano ad uno ad uno per dare l'ultimo saluto e fare le condoglianze.

Al decimo della fila suona il telefono, ma non una suoneria normale! Parte Cacao Meravigliao! La sigla finale del programma Indietro Tutta del 1988, di Renzo Arbore e Claudio Mattone. Una canzone molto allegra del genere demenziale che prevede sculettamenti ed euforia... ma non in fila al cimitero!

💀 La barzelletta a tema

Un estraneo entra col PC in chiesa e chiede:
"Scusi, sa qual è la password del WiFi qui?"
"Abbia rispetto, siamo a un funerale!"
"Tutto attaccato?"

VERGOGNA!

"Vergogna! Vergognatevi a tenere il cimitero in queste condizioni! Ci sono ossa accanto alle tombe! Ossa, capisce? Ossa umane, vergognatevi!"

Sono queste le esclamazioni di forte indignazione di una distinta signora arrivata di corsa in portineria per protestare su quanto visto poco prima. Gli addetti cadono ovviamente dalle nuvole non capendo assolutamente cosa possa essere accaduto e uno di loro accetta di caricare la signora nell'auto di servizio per farsi mostrare il fattaccio.

Arrivati sul posto il becchino trattiene a malapena le risate: "Signora, ma pensa che un umano abbia ossa così piccole e con carne bianca cotta attorno? Questi sono gli avanzi di ciò che portano le gattare ai mici del cimitero!".

SUPERDOTATI

L'imbragatura ai quattro o sei becchini che devono tenere la bara per poi calarla nella fossa coi loculi prevede che le cinghie passino vicino ai fianchi, cingendo le cosce all'altezza dell'inguine, ciò per rendere ogni movimento più sicuro e per distribuire lo sforzo su tutto il corpo e non solo alle braccia. È capitato, infatti, che il peso totale superasse i 200 chili tra i 90 della cassa in formato XL e il peso di un defunto in sovrappeso, quindi decisamente impegnativo come sforzo. Alla pari delle fasce elastiche che alzano i glutei, anche l'imbragatura lascia ovviamente scoperta la zona del sedere, il cui pantalone appare più largo. E, alla pari, la zona anteriore attillata alla coscia fa apparire voluminoso il pacco.

Lo so: chi vuoi che guardi il pacco durante un funerale? Avete ragione, ma non completamente! Stefano, infatti, ci fa notare come in ogni cerimonia ci sia qualcuna decisamente meno coinvolta o non coinvolta affatto. Una di queste disse al più giovane di loro: "Sei troppo erotico per lavorare qui! Dovevi fare il bagnino!".

Un'estranea può essere ad esempio qualcuna che accompagna l'amica non motorizzata o infortunata o faccia solo un favore, facendole compagnia per poi andare a visitare la tomba di un proprio caro, da cui manca da qualche mese. A tanti sarà capitato anche di sentire un brusio di chiacchiere fuori contesto all'esterno della chiesa, mentre dentro regna rispetto e silenzio, e che proprio qualche becchino sia costretto a richiamare all'ordine persone assai poco coinvolte... Insomma gli dobbiamo proprio credere che per una piccolissima percentuale di donne, forse anche uomini chissà, i necrofori in quel momento risultino dei superdotati!

NO DAI!

No dai! No dai, Stefano! Stavolta non ti credo!

Faccio davvero fatica a credere che questa storia sia vera!

Eppure me l'hanno confermata tutti i suoi colleghi e l'impresario che ci ha rimesso pure dei soldi!

Parliamo dell'Errore con la E maiuscola: pensate di andare a salutare vostro nonno per l'ultima volta e ve lo trovate vestito da donna!

Assolutamente nulla contro chi decide autonomamente di vestirsi da donna eh, sia ben chiaro! La stessa filmografia ne è piena, da Tootsie con Dustin Hoffman a Mrs. Doubtfire con Robin Williams e ai nostri Totò e De Sica. A dire il vero anche l'autore Davide e il protagonista Stefano hanno recitato e festeggiato più volte in abiti femminili, ma in maniera ironica e soprattutto consapevole, non come il protagonista di questo aneddoto.

Lo so, lo so. È non solo impensabile ma proprio incredibile... Eppure...

Andiamo per gradi (e anche questa frase assumerà un altro significato tra poco). Partiamo dalla parziale scusante: i due corpi coinvolti, uno di donna, l'altro di uomo, appartengono a persone molto molto anziane, dimagrite fino a non riconoscerne più i lineamenti.

C'è stato un evidente errore umano, che ha portato a delle scuse a voce e scritte e al non pagamento della cerimonia come "rimborso" per non adire a vie legali, ma la notizia è comunque uscita, pubblicata sul giornale più di qualche decina di anni fa.

L'uomo deceduto non è uno qualsiasi, ma un Generale! Sì avete capito bene: un uomo che ha passato tutta la vita in divisa, con regole rispettate e fatte rispettare, si ritrova nel feretro vestito con abiti femminili! E se questo ha portato all'inevitabile incazzatura dei parenti, dall'altra c'è la figura di una nonnina vestita da Generale!

Sarà per il fatto che le mie nonne erano vivaci e spiritose, ma io non riesco a nascondere il lato ironico di questa scena. D'accordo che esistono mamme sergenti di ferro per un insegnamento più rigido rispetto ad altre, d'accordo che in casa lo sappiamo tutti chi comanda, ma immagino sta vecchietta arrivare nell'aldilà per riabbracciare finalmente il coniuge e lui che esclama: *"Rina, come casso te se ga vestido? No te penserà miga de comandarme anche qua?".*

Stefano, per quanto dispiaciuto per l'accaduto, sta sorridendo a questa mia immagine. Sto ridendo io mentre prendo appunti. E sto ridendo ancora io mentre lo scrivo sul pc. Stanno ridendo il correttore e l'editore e ne sono certo lo sta facendo anche una gran parte di voi lettori!

Ma tranquilli, non sono stati sepolti così! Sembra che il figlio del Generale, al momento del riconoscimento, abbia espresso il pensiero "Non mi pare sia mio padre questo", allungando la vista verso le altre salme davanti alle celle e quindi in tempo per il cambio d'abito.

Cosa sia accaduto nessuno lo sa spiegare, verosimilmente gli abiti sono stati trasportati insieme, uno sul braccio destro, l'altro sul sinistro, poi un imprevisto e una urgenza hanno fatto sì che venissero appoggiati momentaneamente e poi raccolti invertiti. Le parti intime già coperte hanno facilitato la svista clamorosa.

Chiedo a Stefano, convinto di ricevere la risposta affermativa, se questo episodio comunque datato nel tempo rappresenti l'unico Errore di vestizione e... Ahimè non ricevo la risposta sperata.

No dai! No dai, Stefano, non posso credere che sia capitato altre volte!

Stefano stavolta parte da lontano facendo due considerazioni serie:

La prima è che sbagliare è umano. Tutti sbagliano.

La seconda è: chi è lui per giudicare come dovrebbe o non dovrebbe vestirsi una persona.

Dopo un soggiorno a Londra, dove tutti sono più eccentrici, non fa più caso agli abiti come segnale identificativo dell'identità sessuale. Basta guardarsi in giro ogni giorno per notare donne che non amano gonne, merletti e indossare per forza qualcosa di rosa e non blu. Se quella persona appunto muore non possiamo obbligarla a indossare nella bara ciò che non ha mai indossato e tanto meno posseduto nell'armadio.

Bisognava chiederlo una volta in più piuttosto che far figure? Probabilmente sì e quindi si ritorna alla prima delle due considerazioni.

Una rapida ricerca su internet mi conferma un altro episodio. (Fonte Huffpost e Funerportale)

Nell'articolo de Il Piccolo che riporta la notizia ci sono nomi e cognomi con l'intervento anche di un avvocato. Essendo questo un libro ironico che fino ad ora, riteniamo, non ha offeso nessuno, ma anzi regalato qualche sorriso in un contesto difficile, non abbiamo intenzione di complicarci la vita facendo nomi e cognomi.

Trieste, 27 luglio del 2016. Vanno al funerale della madre, ma quando guardano all'interno della bara fanno l'incredibile scoperta: la salma è vestita da uomo.

"Ma chi è?", "No, quello non è la mamma. È un altro defunto. Abbiamo sbagliato salma". "Quello è un uomo. Sì, è proprio un uomo. È vestito in doppiopetto blu". "Ma guarda meglio, è proprio la mamma. Gli occhi sono i suoi. Solo che l'hanno vestita da uomo".

Coricata nella bara dove gli addetti di una impresa di trasporti funebri l'avevano composta, l'anziana signora indossava realmente un impeccabile doppiopetto blu di marca, con tanto di cravatta scura e camicia bianca. Anche i capelli le erano stati acconciati in modo adeguato. Maschile naturalmente. I figli dell'anziana hanno provato a correre ai ripari, prima di tutto impedendo che il padre vedesse la moglie vestita in quel modo, perché gli avrebbe causato sicuramente un forte shock.

A ogni modo il funerale è stato celebrato, anche perché sul posto stavano già arrivando parenti e amici della defunta. Si è quindi ricorso alla chiusura immediata della bara per evitare un disastro.

Tranquilli! Nemmeno lei è stata sepolta con abiti non suoi. Era già stata presa la decisione di cremarla, quindi con la possibilità di risistemare il tutto. Ora il dubbio che resta di tutta quest'incredibile vicenda è: di chi erano i vestiti da uomo? Appartenevano a un altro defunto che ora potrebbe essere sepolto vestito da donna?

30 77 30 - UN RACCONTO DI FANTASIA
In triestin e italiano

IN TRIESTIN

De muleto me ricordavo tanti numeri de telefono. Savevo a memoria per esempio el numero de casa de tuti i miei amici. Adesso con sta rubrica del celulare te clichi sora el nome e i numeri no te li sa più.

Me ricordo che a 15 ani me iero roto el ginocio cussì go dovudo usar più de qualche volta el taxi e quel 30 77 30 el me xe rimasto in testa per 'bastanza tempo.

Dopo i 50, però, savemo tuti, iniziemo a scantinar pian pianin.

Sucedi che invito in casa nova un poco de parentame, compresa una zia de quele un fià rompibale che, per no smentirse, ga de andar via prima dei altri. La me disi "No stà bazilar a compagnarme, basta che te me ciami un taxi che non so dove dirghe".

Non zerco su internet, perché me ricordavo de quei numeri, coi primi due che se ripeteva ala fine, ma inveze de far 30 77 30, mi me sonava ben e fazo el 77 30 77 che, podè controlar, corispondi a una dita de pompe funebri.

Me rispondi: "Alabarda, prego."

Che oltretutto xe un nome che va ben per entrambe le

robe...

Ignaro del mestier de questo che me rispondi ghe digo: "Ciamo per mia zia Marisa".

"Può passare qui in ufficio?"

"No no, ne servi adesso, la ga de andar là... là del Paradiso."

"Mi fa piacere che questa sia la destinazione finale e che ne parli con tono sereno... avrà sempre un buon ricordo..."

"Mah, veramente de picio me ricordo che la me dava pan e formagin ma dopo la se bagnava el police sfregandome la guancia per pulirme con quel dito umido... che schifo! E co la me basava, con quel suo poro enorme sula guancia, la me sponzeva con quei zinque pei duri che vegniva fora de là!"

"La devo informare che peli al pari di unghie e capelli cresceranno ancora, ma non si preoccupi ci pensiamo noi!"

"Orca ciò che servizio... ahahah sto viaggio costerà qualche milin!"

"Circa sì, è tutto da calcolare."

"Bon, tanto paga ela, la ga soldi in borsetta!"

"L'abito?"

"Speti che vardo, vestito maron."

"Ma è a casa sua? Nel suo letto?"

"No, in cusina! Ma tranquilo che quando rivè la trovè in strada!"

"Ma no, non si preoccupi! Le chiedo ancora... per l'interno ha preferenze?"

"Buh, fa caldo, che almeno la stia fresca!"

"Del raso andrà bene."

"Ma anche senza, scolti, a noi ne basta: da qua a là e al più presto."

"Certo, capisco il disagio di averla in casa, tempo di organizzarci e arriviamo."

Click

Ciò però che cocolo sto centralinista dei taxi, sembrava che la conossi ben!

Mia zia va zo in strada. Dopo un'ora la vedi un bel muso de Mercedes arivar, ma co la inquadra tuto el resto de sto bel caro de morto la cori a sonarme el citofono."

"Chi xeeeeee?", domando.

"Te son el solito monaaaa!"

Da un mese, no so perché, mia zia no me parla più.

IN ITALIANO

Da ragazzo mi ricordavo tanti numeri di telefono. Sapevo a memoria ad esempio il numero di casa di tutti i miei amici. Adesso con questa rubrica del cellulare clicchi sopra il nome e i numeri non li sai più. Mi ricordo che a 15 anni mi ero rotto il ginocchio così ho dovuto usare più volte il taxi e quel 30 77 30 mi è rimasto in testa per parecchio tempo. Dopo i 50, però, lo sappiamo tutti, iniziamo a scantinare pian pianino.

Capita che invito nella casa nuova qualche parente, compresa una zia di quelle un po' rompipalle che, per non smentirsi, deve andare via prima degli altri. Mi dice "Non preoccuparti di accompagnarmi, è sufficiente che mi chiami un taxi perché non so dove dirgli di venire".

Non cerco su internet, perché mi ricordavo di quei numeri, coi primi due che si ripetevano alla fine, ma invece di comporre 30 77 30, a me suonava bene e faccio il 77 30 77 e, potete controllare, corrisponde a una ditta di pompe funebri.

Mi risponde: "Alabarda, prego".

Che oltretutto è un nome che va bene per entrambe le cose.

Ignaro del mestiere di questo che mi risponde gli dico: "chiamo per mia zia Marisa".

"Può passare qui in ufficio?"

"No no, ci serve adesso, deve andare là... là del Paradiso (Nota discoteca triestina)."

"Mi fa piacere che questa sia la destinazione finale e che ne parli con tono sereno... Avrà sempre un buon ricordo..."

"Mah, veramente da piccolo mi ricordo che mi dava pane e formaggino, ma dopo si bagnava il pollice sfregandomi la guancia per pulirmi con quel dito umido... Che schifo! E quando mi baciava, con quel suo poro enorme sulla guancia mi pungeva con quei cinque peli duri che uscivano da là!"

"La devo informare che peli, al pari di unghie e capelli, cresceranno ancora, ma non si preoccupi ci pensiamo noi!"

"Orca, che servizio... ahahah questo viaggio costerà qualche un millino!"

"Circa sì, è tutto da calcolare."

"Bene, tanto paga lei, ha i soldi nella borsetta!"

"L'abito?"

"Aspetti che guardo, vestito marrone."

"Ma è a casa sua? Nel suo letto?"

"No, in cucina! Ma tranquillo che quando arrivate la trovate in strada!"

"Ma no, non si preoccupi! Le chiedo ancora... per l'interno ha preferenze?"

"Boh, fa caldo, che almeno stia fresca!"

"Del raso andrà bene."

"Ma anche senza, ascolti, per noi è sufficiente: da qua a là e al più presto."

"Certo, capisco il disagio di averla in casa, tempo di organizzarci e arriviamo."

Click.

Cavoli però, che simpatico questo centralinista del taxi, sembrava che la conoscesse bene!

Mia zia va giù in strada. Dopo un'ora vede un bel muso di una Mercedes arrivare, ma quando inquadra tutto il resto di questo bel carro da morto, corre a suonarmi il citofono.

"Chi eeeeè?", chiedo.

"Tu sei il solito cretino!", mi urla!

Da un mese, non so perché, mia zia non mi parla più.

La barzelletta a tema

Un tassista accoglie il cliente che si accomoda sul sedile posteriore. Dopo dieci minuti di viaggio senza parlare il cliente appoggia la mano sulla spalla dell'autista per chiedere informazioni.

Il tassista inizia a sbandare, perde il controllo e si schianta su di un muro.

"Mi scusi, è il mio primo giorno di lavoro!"

"Ma... come mai tutto questo spavento? Che mestiere faceva prima?"

"Autista di Pompe funebri!"

I ANI SVOLA - UN RACCONTO DI FANTASIA
In triestin e italiano

IN TRIESTIN

Questo xe l'unico raconto che ga le istruzioni per l'uso. Eh sì! Perché volessi che te ciapi ben fià e te legi con la stessa velocità con cui scori sta nostra vita frenetica.

Pronti? Via!

Cori! Ciapemo la 20 express, aerei supersonici, treni a alta velocità. E mandemo a cagar sto qua che va a 50 dove el limite xe... a 50! Cori!

E co xe de magnar: fast food, 4 salti in padela, un tramezin al volo!

Te se vardi in giro e tuti cori! In auto o in motorin o a pie tuti cori! Ma dove cazarola andemo tuti?

E coi amici e parenti non cambia: nona vegno a trovarte, fazo un scampon (un scampon ghe dedichemo, disendo tra de noi che xe meio de niente).

Muli dovemo trovarse una sera tuti insieme come una volta! E intanto el tempo svola!

Cori! Cori!

I ani svola! Te par ieri che te andavi a scola. Te ga trovado el moroso o la morosa, te ga trovado lavor, forsi te ga cambiado morosa e forse anche lavor! La xe incinta! Che bel, no vedo l'ora de vederlo, de tinirlo in brazo, vardilo! Te se lo imagini co el caminerà e col grembiulin del'asilo!

E el primo giorno de scola che emozion! La prima partidina coi amici. E te lo acompagni dapertuto e te pensi che bel che sarà co el gaverà 14 ani per el motorin, anzi 18, cussì in machina no el ciaperà fredo el mio picio. El te porterà la sua morosa a casa, el troverà lavor. Forsi el cambierà morosa e el te porterà a casa quela giusta, anche se ti te farà fadiga a non ciamarla col nome de quela de prima, perché i ani svola e te par de esser za un fià rincocò!

La xe incinta! Che bel diventerò nona o nono! No vedo l'ora de veder sto pargoleto e darghe una man per portarlo in asilo, a scola, a basket o palavolo. Ghe regalerò mi el motorin, per sperar che el me vegni a trovar più volte de un scampon!

I ani svola! Go corso, quanto che go corso!

Non vedevo l'ora che rivi domenica e la domenica rivava!

Vardavo el Drive-in de sera con le ridade malinconiche perché domani saria za stado lunedì e un altro weekend xe svolado.

Non vedevo l'ora che torni l'estate e la tornava sì, ma anche la passava via veloce. Quante estati bele! Ah che nostalgia!

Bon, basta pensar che devo corer... ma dove devo corer? Me par che adesso go anca più tempo, e meno mal, perché a corer no son miga più tanto bon.

Alora me preparo. Zimolo me domanda: "Cossa la vol che scrivemo sora? Corro da Dio?". Ma per l'amor del bon Dio xe una vita che coro!

La scrivi riposa in pace come tuti perché adesso go capido el valor del riposo.

Me meto comodo, son elegante, me distiro, aaaaah finalmente riposo! Anche se quela mona de mia molie voleva scriver "Finalmente rigido!", ahahahahah quante che ghe ne gavemo fate! Anche sveltine eh, perché bisognava corer!

Bon, sero i oci! Ma no go tempo gnanche de russar che vedo tuto celeste! Ma dove son? In Paradiso?

No propio! Me disi una vose. Qua decidemo dove mandarte perché nissun sa ma esisti veramente la reincarnazion.

Alora che vedemo... Dade Dade, per lei xe prevista una prossima vita... da Roadrunner!

Ma capo... la speti! Roadrunner xe quel usel coridor inseguido dal coyote?

Esato! Quindi tra dieci, nove, oto...

Inizi a correre per vivere! Bi biiip!

NOOOOOO de novoooo una vita de corsa nooooo!

Fine. Te ga ancora fià? E se te lo ga, forse xe un fià de malinconia no?

Eco, mi no voio insegnarghe niente a nissun eh, per carità! Ma se te rivi, se te pol, e tuti pol rivar se i vol, ogni tanto fermite! Ciapite cura de ti senza premura. Qualche bel libro, magari che el te regali ridade o emozioni (magari un dei miei ahahah!), ma legilo nel tuo posto preferito, che sia in riva al mar o soto un albero, con vizin un bicer de quel bon da gustar ma pian pian, o un gelato se te son astemio come mi. Meno video de TikTok, che dura sempre meno, perché in dieci secondi devi suceder za tuto e te devi vardar un altro e un altro ancora... fazendo svolar sto tempo e sti ani.

La vita xe una, la va vissuda ma bisogna gustarla e gaver tempo per godersela. El mio augurio per ti che te ga leto fin qua xe propio che te riciapi fià e che te trovi tempo con chi che te ami o per un caffè con mi.

Ma ricordite che devi esser espresso solo el caffè, no el tempo per do ciacole senza premura.

IN ITALIANO
GLI ANNI VOLANO

Questo è l'unico racconto che ha le istruzioni per l'uso.

Eh sì! Perché vorrei che tu prendessi ben fiato e lo leggessi con la stessa velocità con cui scorre questa nostra vita frenetica.

Pronti? Via!

Corri! Prendiamo l'autobus 20 express, aerei supersonici, treni ad alta velocità. E mandiamo a cagare questo qua che va a 50 dove il limite è... a 50! Corri! E quando è ora di mangiare: fast food, 4 salti in padella, un tramezzino al volo!

Ti guardi in giro e tutti corrono! In auto o in scooter o a piedi tutti corrono! Ma dove cazzarola andiamo tutti?

E con gli amici e parenti non cambia: nonna vengo a trovarti, faccio una scappata (una scappata le dedichiamo, dicendo tra di noi che è meglio di niente). Ragazzi dobbiamo trovarci una sera tutti insieme come una volta! E intanto il tempo vola!

Corri! Corri!

Gli anni volano! Ti sembra ieri che andavi a scuola. Hai trovato il moroso o la morosa, hai trovato lavoro, forse hai cambiato morosa e forse anche lavoro! È incinta! Che bello, non vedo l'ora di vederlo e tenerlo in braccio, guardalo! Te lo immagini quando camminerà e col grembiulino dell'asilo! E il primo giorno di scuola, che emozione! La prima partitina con gli amici. E lo accompagni ovunque e pensi che bello sarà quando avrà 14 anni per il motorino, anzi 18, così in macchina non prenderà freddo il mio piccolo. Ti porterà la sua morosa a casa, troverà lavoro. Forse cambierà morosa e ti porterà a casa quella giusta, anche se tu farai fatica a non chiamarla col nome di quella di

prima, perché gli anni volano e ti pare di essere già un po'
rimbecillito! È incinta! Che bello, diventerò nonna o nonno! Non vedo l'ora di vedere 'sto pargoletto e dar loro una
mano per portarlo in asilo, a scuola, a basket o pallavolo.
Gli regalerò io il motorino, sperando che mi venga a trovare più volte di una scappata!

Gli anni volano! Ho corso, quanto ho corso!

Non vedevo l'ora che arrivi la domenica e la domenica
arrivava! Guardavo il Drive-in alla sera con le risate malinconiche perché domani sarebbe già stato lunedì e un altro
week-end è volato. Non vedevo l'ora che tornasse l'estate e
tornava sì, ma anche passava via veloce. Quante estati belle!
Ah, che nostalgia! Bene, basta pensare che devo correre...
ma dove devo correre? Mi pare che adesso ho anche più
tempo e meno male, perché a correre non son mica più
tanto capace.

Allora mi preparo. Zimolo (una fra le più note e storiche
agenzie di pompe funebri a Trieste) mi domanda: "Cosa
vuole che scriviamo sopra? Corro da Dio?". Ma per l'amor
del buon Dio, è una vita che corro! Scriva riposa in pace
come tutti, perché adesso ho capito il valore del riposo.

Mi metto comodo, sono elegante, mi distendo, aaaaah
finalmente riposo! Anche se quella scema di mia moglie
voleva scrivere "Finalmente rigido!", ahahahah quante ne
abbiamo fatte! Anche sveltine eh, perché bisognava correre!

Bene, chiudo gli occhi! Ma non ho tempo nemmeno di
russare che vedo tutto celeste! Ma dove sono? In Paradiso?
Non proprio! Mi dice una voce. Qua decidiamo dove man-
darti, perché nessuno sa ma esiste veramente la reincarna-
zione. Allora vediamo... Davide Davide per lei è prevista
una prossima vita... da Roadrunner!

Ma capo... aspetti! Roadrunner è quell'uccello corridore
inseguito dal coyote?

Esatto! Quindi tra dieci, nove, otto...
Inizi a correre per vivere! Bi biiip!
NOOOOOO nuovamente una vita di corsa nooooo!

Fine. Hai ancora fiato? E se ce l'hai, forse sarà con un po' di malinconia no?

Ecco, io non voglio insegnare niente a nessuno eh, per carità! Ma se ce la fai, se puoi, e tutti possono farcela se lo vogliono, ogni tanto fermati! Prenditi cura di te senza premura. Qualche bel libro, magari che ti regali risate o emozioni (magari uno dei miei ahahah!) ma leggilo nel tuo posto preferito, che sia in riva al mare o sotto un albero, con accanto un bicchiere di quello buono da gustare, ma piano piano, o un gelato se sei astemio come me. Meno video di TikTok, che durano sempre meno perché in dieci secondi deve succedere già tutto e devi guardarne un altro e un altro ancora... facendo volare 'sto tempo e questi anni.

La vita è una, va vissuta, ma bisogna gustarla e aver tempo per godersela. Il mio augurio per te che hai letto fino a qua è proprio che riprendi fiato e che trovi il tempo da trascorrere con chi ami o per un caffè con me. Ma ricordati che deve essere espresso solo il caffè, non il tempo per due chiacchiere senza premura.

💀 La barzelletta a tema

Se Pisolo è il nano che ha sonno...
Zimolo è il nano morto.

LA FINE È ARRIVATA

Se avete letto tutto fino a qua vuol dire che non siete morti dalle risate. D'altronde la morte da risata fa riferimento a un raro caso di morte, solitamente derivante da arresto cardiaco o asfissia causato da un eccesso di risata.

Rari ed eccezionali sono anche tutti i fatti realmente accaduti raccontatici da Stefano e raccolti da tutti i personaggi dell'ambiente cimiteriale, pertanto potete fidarvi delle ditte (fra cinquant'anni almeno, ovvio!), perché proprio le rarissime eccezioni ne confermano la professionalità e la serietà.

Infine, concedetemi una riflessione, mia, personale. Pur parlando della morte ho capito ulteriormente quanto io sia attaccato alla vita. Ho capito che la felicità arriva soprattutto da tante piccole cose, come le emozioni quotidiane che cerco assiduamente in ogni persona che incrocio nella vita, perché sono proprio queste relazioni umane a regalarti momenti di cui io non so più fare a meno. Sono un entusiasta della vita sì, ma anche consapevole che la vita è un insieme di attimi e vanno vissuti al meglio tutti! Alcuni di questi rimarranno indelebili: dal vagito di un neonato fino all'ultimo respiro di un anziano. Mi sono imbattuto in tristezze della vita imparando a portare un enorme rispetto. Ma ho capito una volta in più l'importanza e la forza di un sorriso. D'altronde anche il proverbio popolare "Tutte le volte che si ride si toglie un chiodo alla cassa" sottolinea l'importanza di ridere per affrontare i momenti più difficili della propria esistenza, scongiurando in questo modo la tristezza e, chissà, forse anche la morte.

Ecco! L'intento del libro è proprio questo!

"Non smettere mai di sorridere, perché un giorno senza sorriso è un giorno perso" (Charlie Chaplin)

Buona vita e buone risate a tutti.
Un abbraccio.
Davide

GRAZIE

Grazie a M. e R., voi sapete chi siete e quanto io ve ne sia grato. Vi ringrazio per i vostri preziosi contributi, con i quali mi avete fatto conoscere anche voi questo particolare mondo lavorativo.

Grazie alla pagina web di funerportale per aver confermato qualche notizia che inizialmente uscita dalla bocca di Stefano a me sembrava una strampaleria non veritiera.

Grazie a Raffaella che nella mia vita è tante cose, ma la più bella è che c'è!

SOMMARIO

WHITE COCAL PRESS
libri e morbin a Trieste

NARRATIVA - Romanzi, storie e raccolte di racconti

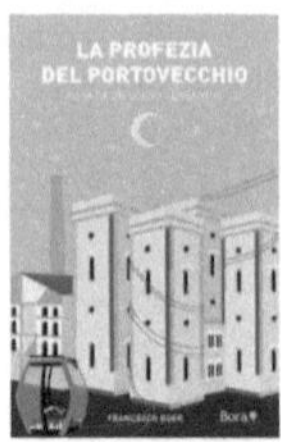

LA PROFEZIA DEL PORTO-VECCHIO (2024)
di Francesco Boer; 120 pp; 13 €

Una strana profezia, un hotel infinito, una storia surreale che mescola mistero ed umorismo, dove il Portovecchio diventa simbolo e metafora.

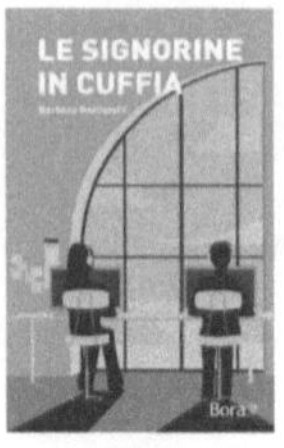

LE SIGNORINE IN CUFFIA (2023)
di Barbara Battistelli; 222 pp; 14 €

"Le signorine in cuffia" è un viaggio coinvolgente nel mondo delle telefonate ininterrotte e delle conversazioni apparentemente insignificanti che si svolgono dietro le quinte di un call center.

OMICIDIO NO XE PER BARCA (2022)
di Raimondo Cappai e Paolo Stanese; 192 pp; 12 €

Una start up informatica promettente e una barca all'avanguardia. Un capo odiato da tutti i sottoposti, che sognano di eliminarlo. Un avvincente giallo ambientato nel Golfo di Trieste.

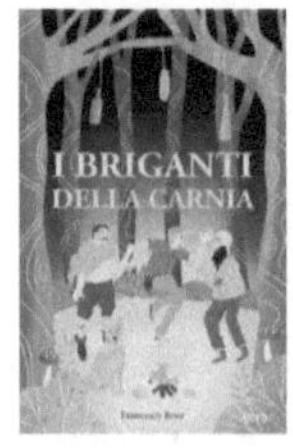

I BRIGANTI DELLA CARNIA (2022)
di Francesco Boer; 140 pp; 12 €

Un bisiaco doc, vinto dai sensi di colpa e dalle preoccupazioni per il fisico cadente, lascia la routine divano-osteria per andare a camminare sui sentieri della Carnia. Lì inizierà una grande avventura con i Briganti.

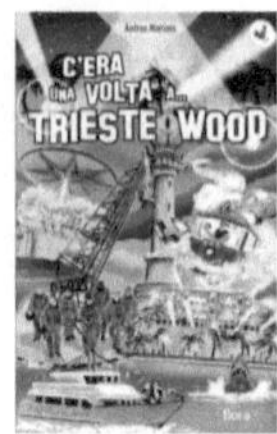

C'ERA UNA VOLTA A... TRIE-STEWOOD (2021)
di Andrea Martinis; 176 pp; 12 €

In una Trieste distopica del futuro, l'industria cinematografica americana regna sovrana, con titoli come "L'ammutinamento dell'Ursus", "Fast & Furios: Italcementi drifts", "Un tram chiamato desiderio" e "Gangs of Largo Barriera".

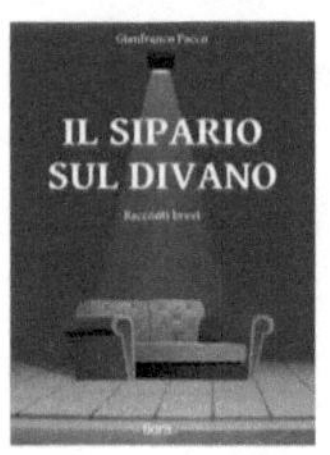

IL SIPARIO SUL DIVANO (2021)
di Gianfranco Pacco; 158 pp; 12 €

Storie già raccontate in teatro con l'emozione del pubblico in sala ed altre scritte in quest'ultimo anno, seduto su un divano, in attesa del ritorno sul palco, ma sempre... a sipario aperto.

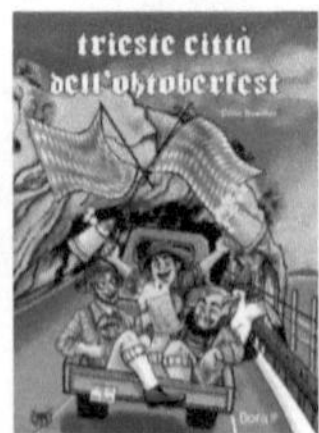

TRIESTE CITTÀ DELL'OKTO-BERFEST (2019)
di Dino Bombar; 158 pp; 8 €

Il diario di una delle giornate più pazze di Trieste, quella dell'Oktoberfest, che da qualche anno si celebra spontaneamente anche nel capoluogo giuliano.

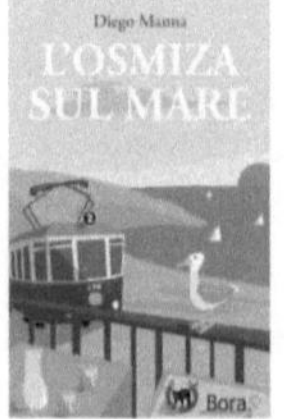

L'OSMIZA SUL MARE (2016)
di Diego Manna; 192 pp; 10 €

Nell'Osmiza sul mare, che forse esiste o forse no, ventitré improbabili personaggi ci racconteranno altrettante storie strampalate.

PREMIO SPECIALE di Giuria "Città di Murex".

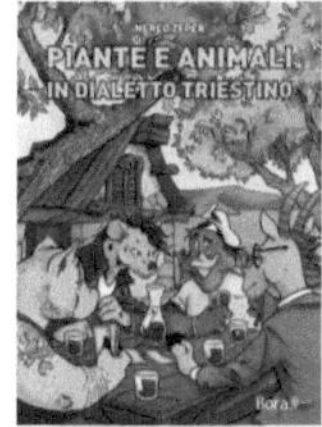

PIANTE E ANIMALI IN DIALETTO TRIESTINO (2024)
di Nereo Zeper; 244 pp; 12 €

Il dialetto triestino è ricco di termini quando si tratta di descrivere fauna e flora.

CIACOLE A GROPADA (2024)
di Fabio Vigini; 184 pp; 14 €

Le divertenti avventure de zia Mariucia, pensionata de Gropada, che con le amiche Cvetka e Valerijana ghe ne combina de tuti i colori!

MAGNAR BEN, PER BON (2023)
di Edda Vidiz; 136 pp; 14 €

Racconti e note umoristiche, glossari tematici "triestin-talian", una spruzzata di notizie storiche e poesie "culinarie" in dialetto.

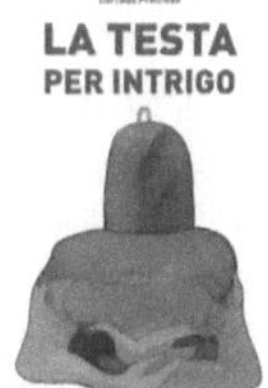

LA TESTA PER INTRIGO (2023)
di Corrado Premuda; 80 pp; 14 €

Una raccolta di sei racconti che ci regalano uno spaccato della Trieste più spontanea e verace.

TROPPO TRIESTINI (2022)
di Paolo Pascutto; 96 pp; 14 €

Un vecchio autobus arancione, un autista dissacrante e una curiosa ricercatrice ci accompagnano in un viaggio alla scoperta di alcuni dei personaggi più endemici e caratteristici degli ultimi decenni triestini.

IL DIALETTO NEL PORTO DI TRIESTE - IERI E OGGI (2021)
di Nereo Zeper; 164 pp; 10 €

Un saggio storico e un dizionario, indispensabile per scoprire etimologie e consuetudini linguistiche porto triestino.

I SOLITI VECETI (2020)
di Raimondo Cappai, Paolo Stanese; 100 pp; 8 €

I soliti veceti racconta la storia di cinque vispi anziani triestini alle prese con un colpo misterioso alla Banca d'Italia, tra un calice e un altro nei tipici buffet cittadini.

LE DISGRAZIE DEL TRAN DE OPCINA (2019)
di Diego Manna; 180 pp; 12 €

Ambientato in una Trieste del futuro sotto il dominio friulano, le disgrazie del tran de Opcina è una grande avventura in stile Goonies.

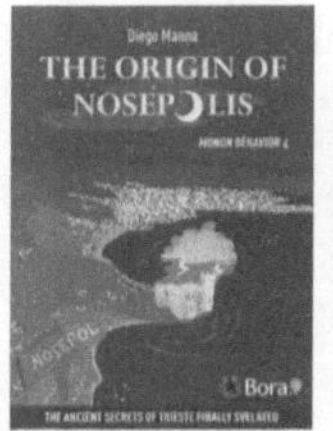

THE ORIGIN OF NOSEPOLIS (2018)
di Diego Manna; 124 pp; 10 €

Monon Behavior, una delle serie di libri più divertenti e originali nel panorama triestino degli ultimi anni, si arricchisce del capitolo conclusivo, mescolando il dialetto alla lingua inglese.

L'AMOR AL TEMPO DEL REFOSCO (2018)
di Laura Antonini, Stefano Bartoli; 128 pp; 9 €

L'amor al tempo del Refosco, ambientato nella Trieste del 1918, si presenta come uno stravolgimento comico del celebre Cyrano de Bergerac. **PRIMO CLASSIFICATO** al Premio Ugo Amodeo.

QUANDO LA PARTI? (2023)
di Davide Destradi; 208 pp; 14 €

In un freddo giorno d'inverno, un evento imprevisto riunisce quattro anime in un luogo che diventa il punto di partenza di un'avventura indimenticabile.

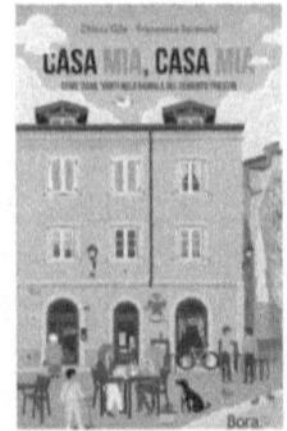

CASA MIA, CASA MIA (2022)
di Chiara Gily e Francesca Sarocchi; 118 pp; 12 €

Uno spassosissimo viaggio alla scoperta dei migliori aneddoti del mercato immobiliare triestino, tra acquirenti sotutomi, agenti trapoleri, venditori caìa e annunci impossibili.

LA SMONTA LA PROSSIMA? UNA VITA IN CORRIERA (2021)
di Davide Destradi; 148 pp; 12 €

Uno straordinario viaggio nel mondo del trasporto pubblico triestino, ricco di aneddoti divertenti e tantissima umanità.

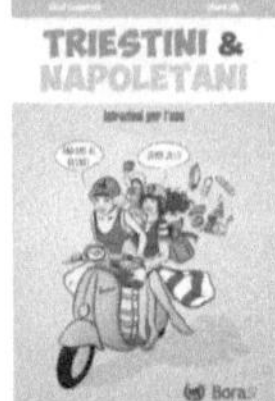

TRIESTINI E NAPOLETANI (2017)
di Chiara Gily, Micol Brusaferro; 120 pp; 10 €

Il libro nasce dall'incontro tra le due autrici, rigorosamente una napoletana, Chiara, e una triestina, Micol, che tra uno spritz, un caffè e un capo in b scoprono i moltissimi tratti in comune delle due città.

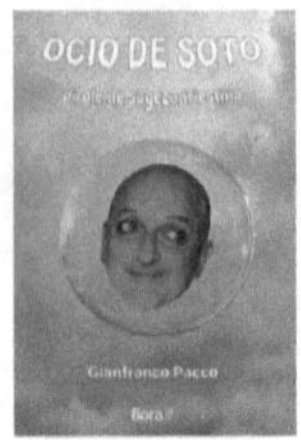

OCIO DE SOTO (2023)
di Gianfranco Pacco; 64 pp; 5 €

"El mona xe come el diamante: per sempre"; "Se te son coto, zonta kren"; "Solo due persone pol cambiarte: mama e la badante". Queste e altre pillole di saggezza tipicamente triestina sono contenute nel libro.

TRIESTE CINICA (2021)
di Vile&Vampi; 64 pp; 5 €

"Basta con il no se pol. È giunta l'ora del no ga senso!". Questo il programma elettorale di Italo Nazaj, finto candidato sindaco per la "Lista Cinica Ancora Trieste", con l'accento sulla A, il cui obiettivo è, appunto, l'immobilismo perenne.

50 COSE DA NON FARE IN FRIULI (2021)
di Mataran; 64 pp; 5 €

Avete ordinato uno spritz bianco con il ghiaccio e il limone? Avete detto che il friulano è un dialetto? Non fatevi trovare impreparati, finalmente arriva "50 cose da non fare in Friuli."

50 COSE DA NON FARE A TRIESTE (2020)
di Andrej Praselj; 64 pp; 5 €

50 cose da non fare a Trieste è una divertente "guida al contrario", un fondamentale vademecum degli errori da non commettere nella città.

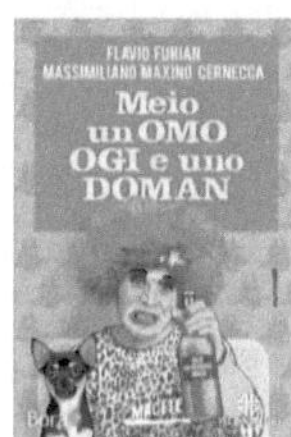

MEIO UN OMO OGI E UNO DOMAN (2020)

di Flavio Furian, Massimiliano Cernecca; 64 pp; 5 €

Meio un omo ogi e uno doman, del duo comico di Macete, è il seguito del Manuale della boba de Borgo, dedicato alla figura della "baba".

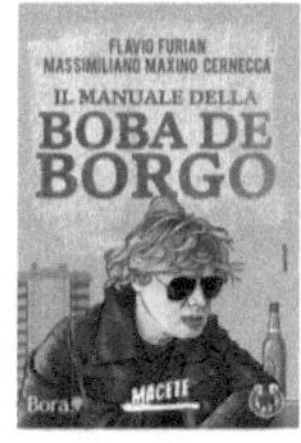

IL MANUALE DELLA BOBA DE BORGO (2019)

di Flavio Furian, Massimiliano Cernecca; 64 pp; 5 €

La boba de Borgo, al secolo Uolter Ulcigrai, direttamente dallo spettacolo Macete, in questo manuale del perfetto personaggio triestino.

Più di 7.000 copie vendute.

IL LIBRI DES RISPUESTIS FURLANIS (2018)

di Felici ma furlans; 128 pp; 5 €

La vita è fatta di domande, ma spesso le risposte tardano ad arrivare. Specialmente in Friuli. A causa dei lavori in A4 e dell'obsolescenza della tratta ferroviaria Udine-Venezia.

EL LIBRO DELE RISPOSTE TRIESTINE (2017)

di Andrej Praselj; 128 pp; 5 €

Arriva finalmente il libro delle risposte triestine, strumento fondamentale per prendere le decisioni come farebbe un vero triestino patoco.

STRAFANICI - La collana delle tipicità triestine

SIRENE E COCAI (2022)

di Sabrina Gregori, Chiara Gelmini; 64 pp; 5 €

Un viaggio alla scoperta della speciale relazione tra uomo e donna tipicamente triestini. Perché in fondo "Ognuno ha quello che si merita, e gli altri sono scapoli".

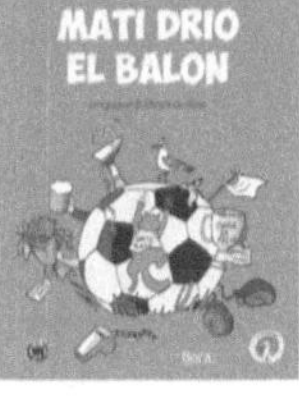

MATI DRIO EL BALON (2021)

di Giuseppe Vergara, Chiara Gelmini; 64 pp; 5 €

Un esilarante viaggio alla scoperta degli splendori e delle miserie del calcio a sette triestino.

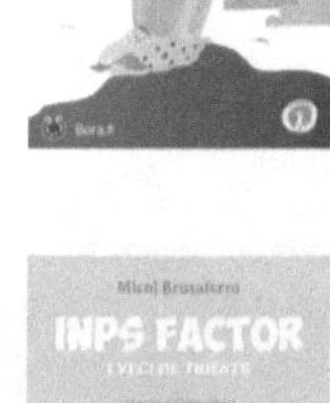

SUA MAESTÀ CAPO IN B (2020)

di Micol Brusaferro, Chiara Gelmini; 64 pp; 5 €

Sua maestà capo in B è una piccola guida ai caffè triestini e ai luoghi, storici e non, dove assaggiare questa particolarità triestina.

ANIMALI TRIESTINI E DOVE TROVARLI (2019)

di Giulio Giadrossi, Chiara Gelmini; 52 pp; 5 €

Animali triestini e dove trovarli è una divertente raccolta di filastrocche sugli animali ambientate nei diversi rioni di Trieste.

INPS FACTOR - I VECI DE TRIESTE (2019)

di Micol Brusaferro, Chiara Gelmini; 64 pp; 5 €

Un interessante viaggio alla scoperta del "se stava meo co se stava pezo", mescolato con un poco de quel che se ciama. Opalà!

LIBERO LIBERA TUTTI (2019)

di Francesca Sarocchi, Chiara Gelmini; 64 pp; 5 €

Un viaggio alla scoperta di com'è oggi e com'era ieri l'osteria che ha fatto la storia di Trieste.

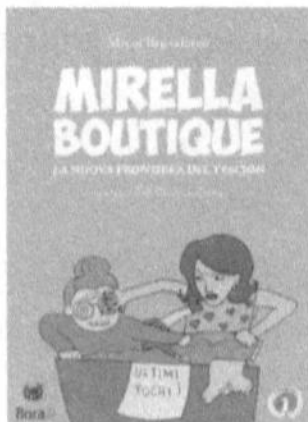

MIRELLA BOUTIQUE (2018)
di Micol Brusaferro, Chiara Gelmini; 64 pp; 5 €

Mirella Boutique, la nuova frontiera del fescion, vi porta alla scoperta di quell'universo tipicamente triestino che è l'omonimo negozio.

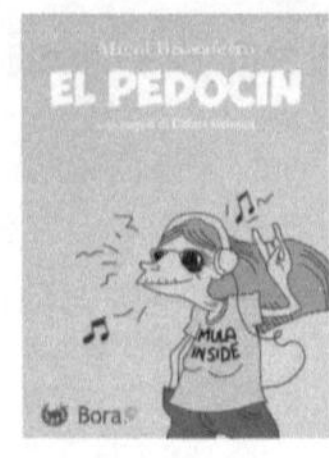

EL PEDOCIN (2015) e **CIACOLE AL PEDOCIN** (2016)
di Micol Brusaferro, Chiara Gelmini; 56 pp; 5 €

Piccoli vademecum sullo stabilimento balneare più famoso di Trieste, per destreggiarsi tra perizomi improbabili, tette al vento e ciacole in libertà.
FINALISTA al Premio Letterario Salva la tua lingua locale 2015.

SAGGISTICA - Momenti importanti della nostra città

L'AQUILA È LA PACE (2023)
di Giorgio Sclip; 160 pp; 14 €

"L'aquila è la pace – Straordinaria normalità" è un libro che celebra la vita e la sua bellezza anche nelle sue sfumature più semplici.

IL CALCIO A TRIESTE (2022)
diBruno Gasperutti e Massimo Umek; 288 pp; 15 €

Il racconto di tutti i campionati di calcio del capoluogo giuliano, dalla Triestina sino alle serie dilettanti, dal 1919 al 2022.

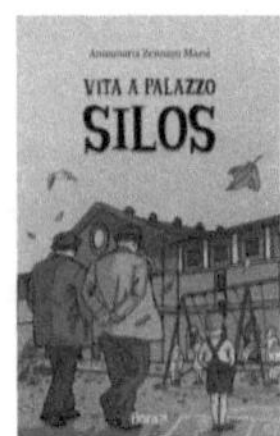

VITA A PALAZZO SILOS (2021)
di Annamaria Zennaro Marsi; 128 pp; 12 €

L'esperienza da bambina dell'autrice, esule di Cherso, al Silos di Trieste, con foto e video originali dell'epoca.
MENZIONE D'ONORE al Premio Letterario Tanzella 2022.

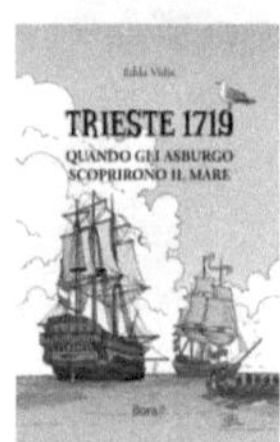

TRIESTE 1719 - QUANDO GLI ASBURGO SCOPRIRONO IL MARE (2019)
di Edda Vidiz; 218 pp; 14 €

La storia di Trieste nel 1700, anno per anno, con tutti i grandi eventi che caratterizzano l'epoca di maggior sviluppo del porto della città.

STRUCOLETI - La collana dedicata ai più piccoli

GATTO MAX: IMPICCI E PASTICCI A MIRAMARE (2024)
di Carolina Tomasella, Lorenza Fonda; 112 pp; 15 €

"Gatto Max - Impicci e Pasticci a Miramare" ti porta nel cuore del Castello di Miramare attraverso i racconti affettuosi delle avventure del Gattaccio Max.

ARTURO, UN CANE DI TRIESTE (2022)
di Emily Menguzzato, Raffaele Lodolo; 70 pp; 10 €

Questa è la storia di Arturo, uno dei tanti cani di Trieste che attendono di incontrare l'amico umano giusto.

LAILA IMPARA EL TRIESTIN
(2021)

di Nicole Vascotto; 40 pp; 7 €

Un picio abecè per imparar insieme un poche de parole triestine, dala A de AILO ala Z de ZITOLO ZOTOLO. In dialetto triestino.
TERZO CLASSIFICATO al Premio Letterario Salva la tua lingua locale 2022.

STRAFANICI PER TUTI I CANTONI DE TRIESTE (2021)

di Cristina Marsi, Dunja Jogan; 68 pp; 10 €

Strafanici, cinciut e altri "mostricci" stanno invadendo Trieste. Riusciranno i nostri amici a fermare i loro dispetti? In dialetto triestino.
MENZIONE SPECIALE FUMETTI al Premio Letterario Salva la tua Lingua locale 2021.

LA TRISNONNA CLEMENTINA E LA RISIERA DI SAN SABBA
(2020)

di Alessandro Slama, Roberta Zucca; 32 pp; 5 €

La trisnonna Clementina e la Risiera di San Sabba racconta in maniera delicata la storia vera di Clementina Tosi, uccisa dai nazisti.

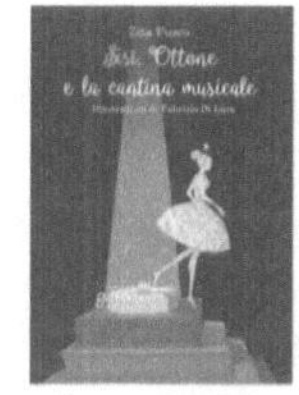

SISÌ, OTTONE E LA CANTINA MUSICALE (2018)

di Zita Fusco, Fabrizio Di Luca; 32 pp; 10 €

Dall'omonimo spettacolo teatrale di Zita Fusco, una bella fiaba illustrata per accompagnare i bambini alla scoperta della musica.

SAN NICOLÒ - Le grandi avventure del Santo più amato dai bambini triestini - in dialetto

LE ZAVATE DE SAN NICOLÒ
(2021)

di Cristina Marsi, Ingrid Kuris; 32 pp; 5 €

Dopo aver perso bereta e mudande, in questo episodio San Nicolò subisce il furto delle... zavate! Riuscirà a ritrovarle?

SAN NICOLÒ E EL PESSETO GIALO (2021)

di Cristina Marsi, Ingrid Kuris; 32 pp; 5 €

San Nicolò riceve una richiesta insolita... nella sua quarta avventura dovrà trovare un pescetto giallo!

LE MUDANDE DE SAN NICOLÒ
(2020)

di Cristina Marsi, Ingrid Kuris; 32 pp; 5 €

Questa volta San Nicolò se la dovrà vedere con alcuni cinghiali e un dispettoso gabbiano, che avrà la bella idea di rubare al Santo... le mutande!

SAN NICOLÒ E I KRAMPUS
(2020)

di Cristina Marsi, Ingrid Kuris; 32 pp; 5 €

Stavolta San Nicolò si ritrova alle prese con l'arrivo dei Krampus, invitati a sfilare a Trieste e scesi in città per divertirsi già giorni prima.

LA BERETA DE SAN NICOLÒ
(2019)

di Cristina Marsi, Ingrid Kuris; 32 pp; 5 €

La bereta de San Nicolò è il primo libro della collana.
FINALISTA al Premio Letterario Salva la tua Lingua locale 2020.

FANTASCIENZA

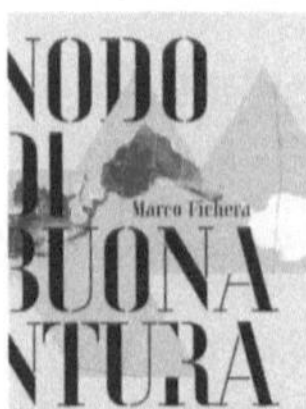

UN NODO DI BUONA VENTURA (2023)

di Marco Fichera; 384 pp; 16 €

Nel 1943 l'esercito tedesco è ad un passo dallo scoprire il segreto di una potenziale arma definitiva, ma per farlo ha bisogno della collaborazione di un celebre archeologo italiano loro prigioniero.

Che però è un impostore.

IMPRESA PULIZIE MORGAN (2021)

di Mauro Vascotto; 249 pp; 15 €

Conosci le sensazioni che dà avere uno scheletro nell'armadio? Nel tuo vissuto c'è qualche momento ancora nascosto nell'ombra?

Mentre ci pensi su, spera di non essere già finito nella Lista dell'Impresa di Pulizie Morgan!

PUPOLI - Libri illustrati e vignette

TE SON BELA COME EL CUL DELA PADELA (2023)

di Linda Simeone; 52 pp; 10 €

In questo originale albo da colorare le parole pungenti e gli insulti più caratteristici della città prendono vita!

VOX PUPOLI (2020)

di Vile&Vampi; 220 pp; 15 €

Vox Pupoli raccoglie venti anni di vignette satiriche del gruppo Vile&Vampi. Un viaggio nella memoria della cronaca degli anni duemila.

GIOCHI - I nostri giochi da tavolo e libri gioco

FRIKO BESTIALE (2024)

di Diego Manna, Erika Ronchin; 25 €

Muloni, Bisiachi, Isontini, Furlans, Cjargnei e Naoniani competono per il dominio del Friuli Venezia Giulia, affrontandosi in 5 epiche battaglie.

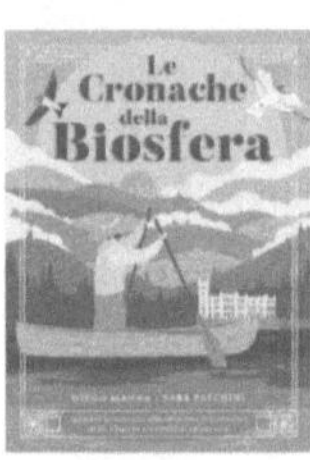

LE CRONACHE DELLA BIOSFERA (2023)

di Diego Manna, Sara Paschini; 12 €

Le Cronache della Biosfera è un libro gioco nato per esplorare il territorio attraverso il gioco: un innovativo strumento di promozione turistica.

BARKOLANA (2017)

di Diego Manna, Erika Ronchin; 20 €

Gioco ufficiale della cinquantesima Barcolana, è un gioco che si caratterizza per l'immediatezza del regolamento, evoluzione del classico gioco dell'oca.

Candidato a gioco dell'anno 2018.

TACHITE AL TRAM (2022)

di Diego Manna, Erika Ronchin; 25 €

Sei alla guida dello storico "Tram de Opcina" di Trieste. Costruisci il tuo percorso tra le fermate, trasporta più passeggeri che puoi tra i capolinea di Piazza Oberdan e Opicina e sarai eletto "frenador dell'anno"!

MIRAMIX(2024)
di Diego Manna, Giulio Quarantotto

per Area Marina Protetta di Miramare

Miramix è un gioco strategico che ti immerge nelle meraviglie del mondo marino, permettendoti di creare e gestire il tuo ecosistema subacqueo.

PUOI SCARICARE MIRAMIX GRATUITAMENTE DA QUA

FISH N' SHIPS (2020)
di Diego Manna, Roberta Zucca

per OGS

Fish n' Ships è un gioco di carte multigiocatore che nasce allo scopo di educare i partecipanti alla conoscenza dell'ecosistema marino e alla gestione sostenibile delle sue risorse.

PUOI SCARICARE FISH N' SHIPS GRATUITAMENTE DA QUA